I0649982

JULIE BENSON

OU

L'INNOCENCE OPPRIMÉE.

PREMIERE PARTIE.

JULIE BENSON

OU

L'INNOCENCE OPPRIMÉE.

Hiſtoire, où l'on montre par des faits
authentiques le danger des paſ-
ſions déréglées & du reſ-
ſentiment des femmes.

TRADUITE DE L'ANGLOIS.

PREMIERE PARTIE.

A PARIS,
Chez MERIGOT le Jeune.

A ROTTERDAM,
Chez BENNET & HAKE.

MDCCLXXX.

HISTOIRE

DE

JULIE BENSON.

PREMIERE PARTIE.

LETTRE I.

De M. MELVILLE *à* M.
FREDERIC.

Vous rappellez-vous, Mon cher ami,
la gageure que je fis avec Menill en nous pro-
menant, de faire la découverte d'un honnête
homme et d'une femme vertueuſe? En conſéquence de cette gageure, en partie auſſi

Partie I.   A

par plaifanterie, nous fîmes hier une ex-
curfion qui réusfit au-delà de nos espérances, et dont le réfultat est fi intéresfant, que, fans un plus long préambule,
je vais vous faire part de l'aventure.

A *Charing-Crofs*, Menill voulut prendre du côté de *White-hall*, et donner un
coup de pied vers *Saint-Etienne;* mais
j'infiftai fortement fur la folie qu'il y avoit
d'aller chercher la vertu dans un pareil
quartier, et nous enfilâmes une petite rue
qui mene au *Pall-Mall.* Après avoir fait
quelques pas, nous nous trouvâmes vis-à-
vis de *l'hôtel.* Je remarquai à la porte
une jeune dame dont la figure avoit
quelque chofe d'intéresfant, belle malgré
le torrent de larmes qui baignoit fon vifage; car elle étoit dans une détresfe vifible & n'avoit perfonne auprès d'elle.
,, Menill, dis-je, voici un objet digne de
,, notre recherche. Par tous les Dieux cet-
,, te phyfionomie ne fauroit mentir." Et
ausfitôt me tournant vers elle. ,, Madame,
,, lui-dis-je, vous me paroisfez affligée;
,, puis-je vous être de quelque fecours?"

„Affligée! Dieu fait fi je le fuis.....
„Mais"...

„Au nom de Dieu, parlez Madame!
„De quoi eft-il question? Sur mon hon-
„neur je fouffre de voir couler vos lar-
„mes."

„Je ne fais que faire!... Pourriez-vous
„me montrer le chemin de quelque maifon
„éloignée de celle-ci?"

„A l'inftant même, Madame.

Il me vint auffitôt dans l'idée qu'elle ne
faifoit peut-être que d'arriver en ville,
et qu'elle craignoit d'être pourfuivie, ou
quelqu'autre accident. En conféquence je
la fis mettre dans une chaife à porteur et
conduire chez moi en *Germyn-ftreet.*
Voici, dis-je à Menill en le renvoyant, une
aventure qui doit être finguliere: retire-toi,
ta préfence gâteroit tout; viens chez moi
ce foir: il entra dans mon idée & me
laiffa.

Dès que l'inconnue fut affife dans ma
falle elle fondit en larmes; quelque chofe
que je puffe lui dire, rien n'en pouvoit arrêter le cours. J'étois ému... at-

tendri. Je ne dois pas oublier de vous
dire que fon vifage, quoiqu'inondé de
pleurs, laisfoit paroître tant de douceur,
que j'en étois presque enchanté; et cependant, tu fais bien que je ne fuis pas à
beaucoup près un Céladon. Je lui fis
plufieurs questions, fans pouvoir obtenir
de réponfe.

,, Sans doute, Madame que vous êtes
,, alarmée de vous voir dans la maifon d'un
,, homme qui vous est totalement étran-
,, ger, et avec une perfonne à qui vous ne
,, pouvez vous réfoudre de dévoiler le mys-
,, térieux de votre fituation ? Soyez per-
,, fuadée, Madame, que j'y prens le plus
,, vif intérêt. Sur mon ame vous pouvez
,, me croire : comptez fur le respect le
,, plus inviolable, et, s'il le faut, fur le
,, fecret le plus profond."

,, Je fuis la plus miférable créature qui
,, foit au monde."

,, Quelle est la caufe de vos mal-
,, heurs ?"

,, Mon hiftoire, Monfieur, est trifte, s'il
,, en fut jamais. Le tems ne me permet pas

„de vous la raconter... Mais... où fuis-
„je!.. où dois-je porter mes pas?... ô
„Ciel! quelle situation!"

„Au nom de Dieu, Madame, calmez
„votre douleur, et ayez la complaisance
„de m'instruire de votre affaire, afin que
„je puisse vous être utile."

„Tout ce que je puis vous dire, c'est
„que j'arrive dans ce moment à la ville:
„j'ai fui de la maison de mon pere qui vit à
„la campagne; j'allois entrer dans *l'hôtel*;
„mais, frappée tout d'un coup de l'indécen-
„ce d'une pareille démarche, j'étois ab-
„sorbée dans une espece de délire, lors-
„que vous m'avez rencontrée.

„Puis-je vous demander, Madame,
„pourquoi vous avez quitté votre pere,
„et d'où vous venez.

„Monsieur, j'étois sur le point d'épou-
„ser un homme que j'ai toutes les raisons
„du monde de détester: mon pere étoit
„inflexible, et je me voyois dans l'alterna-
„tive cruelle ou de donner ma main à un
„homme que j'avois en horreur, ou de
„déserter la maison paternelle.

,,Vous avez pris une réfolution ausfi
,,courageufe que prudente. Par ce moyen
,,vous vous dispenfez d'un mariage dont
,,l'idée feule vous révolte, et vous gagnez
,,du tems pour rentrer dans les bonnes
,,graces de votre pere. N'y auroit - il
,,point d'indiscrétion de vous demander
,,votre nom?"

,,Mon nom, Monfieur, est Benfon.
,,Mon pere vit dans le comté de Susfex,
,,où il posfede un bien confidérable. Un
,,jeune homme, fils d'un de nos voifins,
,,riche ausfi, avec qui il vit dans la
,,plus grande intimité et qui est de toutes
,,fes parties, est l'époux qu'il m'a deftiné;
,,il m'a obligé de recevoir fes vifites, qui,
,,dès le commencement, m'ont beaucoup
,,déplu. A la haine ajoutez le mépris que
,,la connoisfance de fon caractere m'a fait
,,concevoir pour lui. C'est un chasfeur
,,déterminé, un homme d'une avarice
,,et d'une brutalité outrée. J'ai dit et
,,fait tout ce que j'ai pû pour rom-
,,pre le projet; tous mes efforts ont été
,,inutiles. Monfieur Slingsby (c'est le

,, nom de cet amant) fait combien il me
,, déplait, et n'en a pas moins continué fes
,, pourfuites. Ses vifites avoient duré
,, quelque tems, lorsque mon pere, croy-
,, ant m'avoir traitée avec asfez d'indul-
,, gence, m'a dit qu'il vouloit abfolument
,, que le mariage fe fît; il a même fixé le
,, jour. Je me fuis donc vue obligée, ou
,, de me foumettre, ou de me réfoudre à
,, la démarche téméraire que je viens de
,, faire. Monfieur Slingsby ne me recher-
,, che, ni par amour pour moi, ni par
,, amitié pour mon pere. L'unique pasfion
,, de cet homme est une fordide avarice,
,, puisfamment excitée par la promesfe de
,, mon pere d'ajouter cinq mille livres fter-
,, lings à cinq autres mille qui font déjà à
,, ma dispofition.''

,, Je vous le répete, Madame, vous
,, avez agi très-fagement; on ne peut blâ-
,, mer votre conduite; il est à préfumer
,, que votre pere, s'il n'a pas renoncé à
,, tout fentiment d'humanité, vous rendra
,, fes bonnes graces et reconnoîtra fon im-
,, prudence.''

„Jamais, Monſieur ... Je le connois
„trop bien; ausſi me ferois-je bien gar-
„dée d'en venir à une pareille extrémité,
„s'il eût été question de toute autre choſe
„que de prendre pour époux un homme
„que je mépriſe.   Mon pere est violent à
„l'excès; il a une idée ſi étendue des de-
„voirs des enfans envers leurs peres, que
„je ſuis dans la douloureuſe perſuaſion
„qu'il ne me pardonnera jamais. Mais,
„Monſieur, que dois-je faire à préſent?
„où faut-il que j'aille? Je ne puis rester
„à Londres, à moins que je n'y vive dans
„la retraite; car je ferois découverte par
„quelqu'un de notre voiſinage avant trois
„jours; mon pere, qui est furieux dans
„ſa colere, feroit bientôt ici, et renou-
„velleroit ſes perſécutions pour terminer
„ce mariage odieux."

„Je vous prie, Madame, d'être parfaite-
„ment tranquille là-desſus. Commandez
„dans cette maiſon comme dans la vôtre
„propre, et regardez la comme un aſile
„ſacré pour vous."

„Vous m'excuſerez, Monſieur... Vous

„êtes extrêmement généreux... mais...
„la chofe n'est pas poffible..... Mon-
„fieur."

„Je conçois vos fcrupules, Madame:
„ils cesferont dans un inftant: j'ai une
„fœur à la tête de ma maifon; elle est ab-
„fente dans ce moment, mais elle fera ici
„à dîner, et je fuis fûr qu'elle fera tout ce
„qui fera en fon pouvoir pour adoucir
„l'amertume de votre fituation."

„Vous êtes infiniment obligeant ....
„mais je n'ofe prendre cette liberté. Ne
„pourriez-vous point me louer un appar-
„tement? ce fera un moyen de mettre fin
„aux embarras que je vous caufe dans
„mon infortune."

„Que dites-vous là, Madame! Il fau-
„droit avoir l'ame d'un tigre pour regarder
„comme un embarras ce qu'on peut faire
„pour obliger une perfonne *telle que vous,*
„dans une crife pareille."

Telle que vous! fais tu attention à ces
mots, mon ami? Sur ma foi ils étoient bien
placés; car mon cœur avoit trop d'intérêt
à ne la pas laiffer échapper fi facilement.

Ses larmes avoient cessé de couler ; son visage étoit plus à découvert, de façon que je pouvois plus facilement examiner sa taille, son air &c. Ce n'est pas une beauté ; mais elle plait dix fois davantage. Vous la regardez plus d'une fois avant de savoir si elle est belle ou non : elle n'est ni jolie ni laide ; mais les charmes les plus insinuans vous convainquent bientôt qu'elle est faite pour l'amour. Sa taille est commune, mais élégante au possible. A une grace infinie dans tout ce qu'elle fait, ajoutez l'air, les manieres les plus touchantes. Ce n'est pas tout : Ses yeux ont une expression que l'on ne peut rendre ; ce sont ou les yeux d'une beauté languisfante, ou ceux d'une beauté vive ; et il y a quelque chose en eux qui va droit au cœur. Ses autres traits n'ont rien de remarquable que d'ajouter encore à l'expression de ses actions, car tous ses gestes, tous ses coups d'œil font pleins de vie.

La description est honnête, n'est-ce pas, mon ami ? Ne va pourtant pas t'imaginer que je sois assez fou pour devenir amoureux au premiere clin d'œil. D'ailleurs, je fuis fortement perfuadé que cette belle ne m'a dit que la moitié de la vérité: elle n'auroit pas montré tant de fermeté dans la démarche qu'elle vient de faire, fi elle n'eût eu un amant caché, qui augmentoit fon éloignement pour l'amant avoué. Cependant il est étrange, fi cela est, qu'elle ne fe foit pas mife fous fes auspices. En un mot, je ne fais qu'en penfer; mais ce que je fais très-bien, c'est qu'elle ne fera jamais la proie d'un chasfeur.

Au retour de ma fœur, je lui préfentai la belle étrangere, en lui racontant la facheufe conjoncture où elle fe trouvoit. Tu fais que Fanny est pleine de douceur et du meilleur caractere du monde, qu'on peut faire ce qu'on veut avec elle, et qu'elle ne penfe pas même à vous dire, pourquoi faites-vous cela. Elle reçut Mifs Benfon cordialement, et je juge, à l'air de celle-ci, qu'elle est charmée de fe voir fous les ailes d'une perfonne de fon fexe, fi douce et fi bienfaifante. Au desfert un ou deux

verres de vin ranimerent fes esprits; elle
devint plus communicative. J'avois envie de favoir fi elle n'avoit point fait cette
démarche par attachement à quelque gentilhomme du canton, inconnu à fon pere:
envain je touchai cette corde; elle éludoit
toutes mes attaques; elle échappoit à toutes mes questions. Elle nous fit cependant un détail plus circonftancié de fon
histoire; et, comme elle jouera un rôle
confidérable dans l'intrigue que ces lettres vont expofer, j'ajouterai quelques
particularités qui vous donneront une
meilleure idée de fa fituation.

Son pere a des terres confidérables dans
le comté de Susfex; c'est là qu'il vit fans
jamais penfer à faire quelques tours à Londres. Au contraire, il est comme enter-
ré dans fa campagne, n'ayant d'autres plaifirs que la culture de fes terres, la chasfe
et la pêche; il ne connoît guere le monde: du reste, il est plein de cette intégrité
ruftique, et de cette étrange forte d'honnêteté qui déparent les vertus, quoiqu'elles en augmentent le nombre; en un mot,

c'est un homme fans aucune forte de délicatesfe. Mifs Benfon étoit encore très-jeune lorsque fa mere mourut. Elle fut élevée par un oncle et une tante qui étoient fur le bon ton et pasfoient la plus grande partie du tems à Londres. Cet oncle lui laisfa à fa mort cinq mille livres fterlings, dont elle jouisfoit peu, n'ayant d'autre domicile que celui de fon pere, parce que fa tante s'étoit remariée l'année même de la mort de fon premier mari. A fon retour dans la maifon paternelle elle tomba dans une excesfive mélancolie. Elle ne pouvoit fe faire à la fimplicité rufti- que de tout ce qui l'environnoit, comme autrefois, quand elle ne pasfoit qu'une partie de l'été à la campagne. Ses livres et fon Clavesfin étoient fes principaux amufemens, amufemens peu goûtés de fon pere, de fon frere, et même des voifins. *La parfaite ménagere*, lui difoit-on, voilà le livre qui vous convient; laisfez-là votre Pope, votre Addisfon : et la mufi- que des chiens qui aboyoient venoit fou- vent l'interrompre au milieu d'un air de

Piccini.   On conçoit aifément qu'un ennui mortel devoit la confumer, et qu'elle n'a-voit pas befoin du furcroît de peine que lui caufoit l'afiiduité d'un admirateur qu'elle détestoit.   En vérité, mon ami, je plains la pauvre fille... Elle n'avoit d'autres reffources que la fuite.

L'après-midi elle monta en voiture avec ma fœur qui la mena vifiter les boutiques où elle fit emplette de quelques colifichets. Enfin, elle a confenti à demeurer dans ma maifon, jufqu'à ce qu'elle puiffe fe faire un plan de conduite qui foit mieux adapté à fa fituation. Ici finit ma narration. Je commence déjà à defirer qu'elle ne fût ja-mais entrée chez moi, car je fuis dans la fituation la plus critique qu'on puiffe ima-giner. Je cours grand risque de devenir eperdument amoureux; et, s'il y avoit à choifir, je ne fais ce que je préférerois de cet état ou de la mort... Le mariage n'est pas mon fait. Ses cinq mille livres fterlings ajoutés à quinze autres mille ne feroient pas mon affaire... L'amour et la pauvreté figurent très-mal enfemble.... L'honneur

défend d'autres penſées que le mariage.
J'aime le jeu; mais il faut qu'il ſoit lici-
te: je ne me permettrai jamais de nuit ce
que je n'oſerois faire en plein jour. Ainſi
vous voyez que le plus ſûr pour moi, est
de perſiſter dans l'état d'une liaiſon abſolument ſans conſéquence, de ſorte que cette aventure ne fera que me donner deux
ſœurs au lieu d'une. Tel est le projet
de votre ami,

RICHARD MELVILLE.

LETTRE II.

M. FREDERIC à M. MELVILLE.

MELVILLE, il n'est pas d'homme dans
tout l'empire Britannique, qui ſe connoiſ-
ſe auſſi peu que tu te connois toi-même.
Est-il poſſible que le haſard t'ait procuré
une ſi heureuſe aventure... à toi qui de

tous les hommes sauras le moins en profi-
ter.   Ta belle inconnue, si l'on t'en veut
croire, a les plus beaux yeux du monde,
un teint admirable... elle est paîtrie de
graces... de charmes.   Bon Dieu! pourquoi sont faites tant de belles choses? pour
l'amour, mon ami, pour l'amour, pour le
plaisir, et non pour la peine.   C'est un de
ces beaux nuages qui passent sur ton at-
mosphere pour embellir tes jours ; mais
tu es un si singulier garçon que tu n'en ver-
ras sortir que des orages.... Le mariage!
Bon Dieu! ainsi donc les hommes se plai-
sent à se forger eux-mêmes des entraves,
à se creuser des précipices, et à se fabri-
quer des instrumens de supplice!... Le
mariage vraiment! et avec vingt mille livres sterlings. Je croyois t'avoir asfez guéri de ce ridicule, et que tu n'en parlerois
plus.   Tu te déciderois dans un instant à
donner ta main à cette charmante fille, si
elle avoit de son côté vingt mille livres
sterlings... Je t'asfure moi, que tu le fe-
ras, quoiqu'elle ne te donne pas un cheling.
Un homme prêt à se précipiter dans les
abî-

abîmes du mont Ethna pour cent guinées, le feroit pour une fomme beaucoup moindre. La difproportion du plaifir à la peine est fi grande, que cinq ou vingt font précifément la même chofe. Il est clair cependant que je ne dois plus te confidérer à l'avenir que comme un époufeur, c'est-à-dire un amoureux en tout honneur... Ha! ha! asfurément, voilà qui est plaifant!.. „L'honneur défend d'autres penfées!" Le véritable honneur ne te défend-il pas plutôt de rendre une femme de mérite ausfi miférable qu'on l'est infailliblement dans ce *faint* état? Oui, fans doute. Mais en voilà asfez pour ce qui te regarde. A préfent que je t'ai donné les avis les plus fages, il convient que tu m'aides des tiens.

Je me trouvai, il y a quelques jours, dans un cercle avec le Comte de H ——n; tu fais qu'il y a longtems qu'il fe dit mon ami, c'est-à-dire mon proteĉteur, mot, foit dit en pasfant, que j'effacerois de mon vocabulaire, fi j'avois le quart de ta fortune. Il me tira à part pour me dire qu'il

Partie I.   **B**

devoit pasfer en peu au midi de la france,
et qu'il feroit charmé que je voulusfe l'y
accompagner.   Je ne fais trop quel parti
prendre.   Dois-je refufer décidément, à
moins qu'il ne me dife nettement ce qu'il
fe propofe de faire pour moi? ou (et cela me paroît le plus fage) dois-je tout
bonnement me fier à fa parole et le fuivre? Je fuis encore dans l'indécifion. J'ai
befoin de ton avis; donne-le-moi, et
fans délai je te prie.

Je fuis toujours ton ami,

HENRI FREDERIC.

LETTRE III.

MR. MELVILLE *à* MR. FREDERIC.

J'AI reçu ta lettre, mon ami; j'y ai
vu avec chagrin que tu comptes encore
fur les recommandations du Lord H — n,

maintenant qu'il n'est plus en place et qu'il n'a plus occasion par conséquent de te rendre service. Rappelle-toi que quand il l'a pu faire, tu n'en as pas été plus avancé. Je hais toute dépendance; non cependant que je sois de ces insensés qui pensent qu'on doit négliger des liaisons dont on pourroit espérer quelque avantage. Je te conseille, mon ami, de te bien consulter toi-même. Si tu crois que ce Seigneur te fera du bien quelque jour, il faut aller avec lui et l'obliger dans tout ce qu'il te demandera de juste; si, au contraire, tu crois n'avoir rien à espérer, le plutôt que tu rompras avec lui sera le meilleur. Revenons maintenant à mon affaire, si tu le veux bien.

Mes principes different entiérement des tiens. Tu te moques de toutes les religions, et tu ne connois d'autre lien que celui de la loi naturelle toute pure. Un pareil sistême te fait voir le mariage dans un point de vue trop ridicule pour y penser: en cela tu es conséquent. Mais, lorsque tu plaisantes sur la protection que je dois à Misf Benfon, comme maître d'une maifon où elle a trouvé un azile, je ne fuis en aucune maniere de ton fentiment. J'en détefte la penfée, et je fouffrirois plutôt la mort, que d'offenfer, même en idée, la vertu qui vient fe mettre fous mes auspices. Je te dirai encore plus; cette infortunée a de fi excellentes qualités... c'est un tel modele de perfection, que je regarderois un homme qui l'auroit vue et connue, et qui cependant ne l'aimeroit pas, comme un être incapable de tout fentiment d'humanité, et d'aucune de ces impreffions délicates que la beauté doit faire fur un cœur fenfible. Pour moi, je ferois de vains efforts pour me défendre de l'aimer. Mais, mon ami, que dois-je faire? Je ne puis lui arracher une parole quand je lui fais quelque compliment qui a le moindre rapport à fa beauté ou à fon esprit; quelques fignes d'amitié, d'une amitié d'un jour, dont la reconnoiffance est peut-être le principal motif, voilà tout ce que je puis obtenir d'elle. Mais, qu'il en foit ce qui pourra, le fort en

est jeté, et il faut que je l'aime, bon gré
mal gré. J'ai cependant la fatisfaction de
fuppofer fon cœur libre; encore n'est-ce
qu'une conjecture. Ce matin je l'ai priée
d'accompagner le clavefin de fa voix; elle s'y est prêtée avec un empresfement
dont j'ai été enchanté. Son exécution est
parfaite; mais fon goût est encore au-desfus. Sa voix vous jette dans le délire :
chaque note va jufqu'à l'ame. Elle a une
expresfion, un pathétique, un tendre,
qui pasfent l'imagination. Vous pouvez
aller aux meilleurs operas entendre les
voix les plus harmonieufes; mais, fi vous
voulez vous livrer aux extafes de l'imagination, fi vous voulez fentir votre ame
transportée par les touches merveilleufes
de la plus douce mélodie, voici la Syrene qui doit vous enchanter. Le goût est
fon caracter distinctif; elle le montre également dans fa maniere de fe mettre,
dans fon air, fes discours, fes fentimens
et dans l'expresfion de fa voix. Jamais
mufique, quelque fupérieure qu'en fût
l'exécution, ne fut plus propre à tenir l'a-

me dans le ravisfement. Jamais rien n'a
mieux développé cette idée de Salluste:
,, Est-il posfible qu'une femme puisfe ex-
,, primer d'une maniere fi inimitable les fen-
,, timens les plus tendres, et qu'elle foit
,, ftrictement vertueufe?" Non, la vertu
pure n'est pas le caractere du fiecle;
mais c'est celui de Misf Benfon. Toutes
les femmes afpirent à pouvoir faifir de pareilles expresfions, et plus grand est le
nombre de celles qui defirent y exceller,
plus petit est celui de celles qui atteignent
une perfection fi extraordinaire. Dans le
fiecle où nous fommes, de la maniere que
les femmes font élevées, elles ne peuvent
être véritablement vertueufes par principes. Elles aiment le vice; heureufement
la vanité en empêche beaucoup de s'y livrer. C'est alors qu'on peut dire qu'une
pasfion empêche l'effet d'une autre. Vit-
on jamais l'amour de la vertu triompher
d'aucune pasfion? Quelle plus forte preuve pouvons-nous avoir de l'empire général
du vice que l'emploi que font les femmes
de leurs voix pour produire des effets aus-

fi merveilleux que fait celle de Misf Benfon! car je ne hazarde rien de foutenir
qu'il est impoffible de l'entendre fans l'aimer. Mais à quoi bon exercer des arts
qui tendent fi puisfamment à captiver nos
cœurs? Une femme peut-elle être l'a-
mante de tous les hommes? Peut-elle
être la femme de plus d'un époux? Pourquoi donc les attaquer tous? Je ne puis
croire entierement exemte de blâme celle
qui chante avec autant de goût et de méthode que Misf Benfon, fi elle chante ainfi devant tout le monde, car je ne crois
pas beaucoup à cette espece de modeftie
qui tient les perfections cachées, de crainte que leur éclat n'éblouisfe ; c'est au
moins ce qu'on chercheroit vainement dans
ce fiecle.

Après que mon aimable Syrene a eu laisfé le clavefsin, je lui ai adreffé la parole
avec des yeux qui m'auroient trahi vis-à-
vis de la moitié de fon fexe ; cependant,
à te dire vrai, je crois qu'elle ne m'a pas
compris.

„ Dites-moi, je vous prie, Misf Ben-

fon , ce que vous préférez dans votre mufique , de l'exécution ou de l'expreffion ?"

„ Je n'en vois pas clairement la diffé-
„ rence , Monfieur."

„ Seroit - il poffible , Madame ? Mais
„ l'expreffion de l'exécution & l'expreffion
„ générale de la mufique font deux chofes."

„ La mufique qui plait au plus grand
„ nombre, eft celle que je penferois être
„ la meilleure expreffion & la meilleure
„ exécution."

„ Je vous entens maintenant, & je vois
„ que vous avez une très - jufte idée de
„ l'art qui confifte à donner tout le plaifir
„ qu'il peut comporter. Mais il eft quel-
„ quefois bien dangereux de fe livrer aux
„ transports que caufent les talens les plus
„ fublimes."

„ Comment cela peut - il être, Mon-
„ fieur?"

„ Rien de plus facile, Madame: après
avoir entendu votre voix qui eft fi fort au-
„ deffus de tout ce que j'ai jamais enten-
„ du, quel fupplice ne feroit-ce pas de
„ penfer que ce plaifir peut m'être ravi
„ pour toujours?"

„ Mon Dieu! Monfieur Melville, quel
„ grand détour vous avez pris pour me fai-
„ re un compliment.”

„ Je fuis bien - aife que vous parliez de
„ la forte. Le plus court chemin feroit de
„ vous dire la vérité: un compliment im-
„ plique un menfonge. Ce n'eft pas à vous
„ que j'en ferai, Misf Benfon.”

„ Vous en faites donc à d'autres?”

„ Il faut bien: en général il faut flatter
„ les dames, ou la converfation devient
„ infipide.”

„ Ainfi pour l'animer vous vous épuifez
„ en menfonges polis à leur égard. . . . et
„ alors elles font enchantées. Vous avez
„ une opinion charmante de notre fexe.”

„ Si le fexe n'a pas l'art de difcerner
„ quand un homme dit vrai, ou quand il
„ ne lui débite que des fleurettes, il doit
„ affurément s'en prendre à lui - même;
„ mais ce n'eft pas ici le cas. Les femmes
„ veulent favoir comment un homme fait
„ fe tirer d'affaire en leur faifant force
„ complimens, et elles aiment mieux l'en-
„ tendre débiter tous ces menfonges, que

B 5

,, s'il difoit , *ma chere Demoifelle, vous*
,, *êtes fi laide qu'il ne m'eft pas poffible de*
,, *refter plus longtems près de vous?* ''

,, Mais M. Melville, voilà des idées
,, bien étranges. A vous entendre, on ne
,, peut avoir d'entretien avec une femme
,, fans avoir quelque chofe à dire à fa beau-
,, té ou à fa laideur. Pourquoi donc ne
,, pouvez - vous pas converfer avec un fem-
,, me qui a du bon fens, ou qui en eft dé-
,, pourvue, comme vous faites avec des
,, hommes qui font dans l'un ou l'autre de
,, ces cas? ''

,, La chofe eft impoffible, Madame ; le
,, plaifir eft le feul motif de nos converfa-
,, tions avec les dames ; l'inftruction, la
,, curiofité n'y entrent jamais pour rien.
,, Remarquez auffi qu'une femme, pour
,, plaire aux autres, doit fe plaire à elle -
,, même. De là vient la néceffité de dire
,, des douceurs aux dames pour qui nous
,, ne reffentons pas la moindre inclination.''

,, Telle eft l'habitude que vous prenez
,, tandis que vous êtes incapables d'avoir
,, du penchant pour aucune ; de façon que

„ vous les complimentez toutes égale-
„ ment."

„ Je ne fuis pour rien dans ceci, Ma-
„ dame ; et la femme qui ne connoît pas
„ quand je lui dis vrai me conçoit fûrement
„ bien mal."

Mes yeux ont été des interpretes bien
infideles, fi dans ce moment elle n'y a
pas lu mes fentimens. Elle ne m'avoit
pas encore paru fi charmante : une nouvelle nuance de rougeur f'est répandue
fur fes belles joues, une'efpece d'embarras
dans fes geftes; mais fe remettant à fon
claveffin , elle a touché quelques mor-
ceaux par - ci par - là ; ma fœur eft entrée et nous a tirés d'embarras l'un & l'autre. En vérité , mon ami , je me fuis
trop avancé . . . de pareils momens valent
une déclaratoin en forme , fût - elle écrite
en lettres d'or. Ce feroit pourtant le comble du ridicule de m'attendre à autre chofe qu'à du mépris et à des reproches, fi
je lui faifois l'amour dans la fituation où
elle eft actuellement, et l'on ne pourroit
affez me blâmer: auffi veux - je tenir une

conduite plus raifonnable à l'avenir. Je
fuis toujours ton ami,

MELVILLE.

LETTRE IV.

MR. FITZGERALD à MR. MASON.

Je vous ai dit, dans ma derniere, Mon
cher Mafon, que Mifs Julie Benfon, cette idole de mon ame, pour qui je facrifie-
rois dix mille vies, étoit fur le point de
donner fa main à ce brutal de Slingsby,
malgré fon averfion pour lui. Vous avez
bien penfé, ou au moins vous avez dû
dû le faire, que j'emploîrois tous les
moyens qu'une fage conduite permet et
même ordonne en cette occafion pour empêcher cette charmante femme d'être la victime d'un pareil attentat contre fon bonheur, ce mariage étant abfolument contre
toute bienféance. Je vous ai dit plus d'u-
ne fois, mon ami, et vous vous en êtes

toujours moqué, que nous ne devons avoir d'autres guides dans la vie que des mœurs reconnues généralement pour bonnes, et un fyftême de conduite qui foit à nous. Tout homme, pour acquerir cet avantage, devroit fe faire un plan dès fon entrée dans le monde afin d'en faire la regle de fes actions dans tout ce qu'il aura à traiter avec lui, foit amour, foit amitié, foit affaires, en toutes chofes enfin.

D'où vient eft-ce que les hommes paroiffent ordinairement fi ridicules quand il leur arrive quelques événemens auxquels ils ne s'attendent pas ? C'eft qu'ils n'ont point pris de précautions pour s'en garantir ; c'eft qu'ils ne fe font point formé de plan dont les parties foient fi bien adaptées les unes aux autres, que chaque démarche foit non feulement le produit de celle que l'a précedée, mais encore une préparation à celle qui lui doit fuccéder. En fuivant cette méthode, un homme avance d'un pas fûr dans la carriere ; il n'eft pas continuellement pris au dépourvu et pouffé hors de fa fphere, comme ces têtes légeres qui

femblent n'être faites que pour tourner à
à tout vent et montrer en tout tems leurs
folies.

J'ai été conduit à ces réflexions par un
événément fingulier qui m'eft arrivé naguere. Informé que le vieux Benfon vouloit, contre toute raifon, forcer fa fille à
époufer Slingsby, je réfolus, après de mû-
res réflexions, d'en empêcher. Deux mo-
tifs concouroient à me faire prendre cette
réfolution. En premier lieu, l'intérêt de
Misf Benfon le demandoit hautement, car
que peut-il y avoir de plus abfurde que
de vouloir marier une femme d'un fi rare
mérite avec un drôle qui n'a pas l'ombre
de bon fens? D'un autre côté, la juftice
le demandoit pour mon propre bonheur.
Le principal but de mes démarches eft
donc maintenant de me mettre en poffeffion
de cette eftimable perfonne; et, comme
je n'ai pas été traité de fon pere avec les
égards qui me font dûs, il étoit de toute
néceffité, avec l'agrément de la demoifelle, de fe garantir de tout événement fâ-
cheux en nous mariant enfemble, fans le

confentement du bon - homme, puis qu'il n'étoit pas poffible de l'obtenir. Tout ceci eft fyftématique: vous favez qu'elle m'a toujours accueilli, non de cet air niais qui eft ordinaire aux femmes d'un rang inférieur, mais comme une perfonne qui a des principes à foi. Je lui fis ma propofition de façon à ne pas craindre qu'elle la réjetât. Sa réponfe fut celle d'une femme pleine de bon fens: ,, qu'il ne falloit pas ,, entreprendre témérairement une affaire ,, d'une fi grande importance ; que c'é- ,, toit un plan qu'elle n'avoit pas affez exa- miné; que cependant elle me donneroit une réponfe pofitive le jeudi fuivant.

Le jour arrivé, j'accourus avec empreffement pour apprendre fa décifion. Mon ami, cette décifion étoit pour moi, comme vous jugez bien, de la plus grande importance. Jamais paffion ne fut auffi vive qu'étoit la mienne pour la charmante Julie. Après avoir tant de fois admiré fon génie fublime, et vu avec transport les charmes que la nature lui a prodigués, il n'étoit pas poffible que je n'attendiffe avec

une extrême impatience un agrément qui
devoit faire ma suprême félicité. Misſ Benſon conſentit à mon bonheur. ,, J'ai tout
examiné, tout peſé," me dit-elle, ,, et
,, je me confie tellement à votre probité et
,, à votre prudence, que je ſouscris à la
,, propoſition que vous m'avez faite. J'ai
,, moi-même formé un plan, et je penſe
,, que vous ne ferez aucune difficulté de
,, m'en laiſſer la direction."

Transporté de joie de cette condeſcen-
dance, je me ſoumis ſans réſerve à tout
ce qu'elle voulut, et lui promis de faire
abſolument tout ce qu'elle me preſcriroit.
Elle m'informa donc qu'elle avoit une parente à Mancheſter, chez qui il falloit que
je la menaſſe en poſte et avec toute la céléri-
té poſſible, qu'il ne falloit pas perdre de
tems d'autant que le jour ſuivant étoit de-
ſigné pour ſon mariage avec Slingsby; qu'il
falloit que je l'attendiſſe à minuit dans un
endroit qu'elle me nomma, avec une chaiſe de poſte à quatre chevaux, et qu'elle
m'y viendroit joindre. ,, Mais" ajouta-t-
elle, ,, il y a une condition dont dépend
,, l'exé-

„ l'exécution de ceci, et à laquelle il faut
„ abſolument que vous conſentiez."

„ En vérité, Madame, ce feroit une
„ choſe affreuſe de ma part, de penſer
„ à faire la moindre difficulté."

„ Ma délicateſſe fouffre beaucoup d'être
„ avec vous auſſi longtems que nous le
„ devons être. Je ſupporte avec peine l'i-
„ dée d'être ſeule avec un homme & en-
„ tierement en ſon pouvoir. Par cette rai-
„ fon, indépendamment de mon extrême
„ confiance en vous, j'exige que vous ne
„ me diſiez pas un mot, depuis cet en-
„ droit-ci jusqu'à Manchester, qui eſt à
„ peu-près à trois cens milles d'ici; abſo-
„ lument pas un mot, entendez-vous?
„ ni dans la chaiſe, ni dans les auberges,
„ quoique nous y devions paſſer deux
„ nuits ; de plus, mon desſein est d'aller
„ masquée ou autrement déguiſée, afin
„ que perſonne ne puiſſe me reconnoître,
„ précaution qu'il convient que je prenne
„ de crainte d'être découverte."

„ J'approuve très-fort cette ſage précau-
„ tion. Comptez, Madame, que vos or-

Partie. I.   C

„ dres feront fuivis à la lettre ; mais, com-
„ me je dois être fi longtems privé du
„ fpectacle ravifant de cette figure char-
„ mante, et du plaifir d'entretenir l'objet
„ de mon amour, permettez, avant que
„ j'aille tout préparer pour notre départ,
„ qu'un baifer foit le prélude et le gage
„ de mon bonheur futur."

Mon cher Mafon, je ne fuis pas de ces
fots amans à complainte, encore moins de
ceux qui manquent de délicatefe. Ce
fut un attrait irréfistible qui me fit franchir
les bornes de l'exacte bienféance. Quoi qu'il
en foit, la belle m'accorda de bonne grace cette faveur infigne. J'ai peine à croire que Scipion auroit été plus réfervé fi
Mifs Benfon eût été fa captive. Mais un
baifer ne pouvoit pas tirer à conféquence,
et fon caractere aufsi excellent que fa beauté est ravifante, me pardonna cette indiscrétion.

Je me trouvai au rendez-vous à l'heure
dite avec une chaife, quatre bons chevaux
et des gens fur qui je pouvois compter, et
environ dix minutes après, ma déesfe pa-

rut: elle étoit déguifée de façon que fon pere l'auroit rencontrée en plein midi fans la connoître. A peine fûmes-nous asfis dans la chaife qu'oubliant ma promesfe, je lui parlai; elle m'en fit fouvenir en gardant elle-même un filence profond. Il fallut me foumettre à mon fort. Nous changions de chevaux à chaque relais; malgré cela nous n'allâmes le lendemain que jusqu'a Northampton, à caufe de plufieurs incidens. J'aurois pousfé deux ou trois postes plus loin, fi je n'eusfe craint de fatiguer Misf Benfon. J'esfayai une ou deux fois de tirer quelques paroles d'elle en lui tenant les propos les plus tendres; elle ne répondit qu'en me montrant un papier où elle avoit écrit, *fouvenez-vous de vôtre promesfe.* Elle fe retiroit à fon appartement dès que nous étions descendus à l'auberge, et je ne la voyois plus jusqu'au lendemain matin. Je comptois qu'en arrivant à Manchefter, elle iroit tout de fuite chez fa parente, et que j'aurois le plaifir de la voir et de l'entendre; point du tout, il n'en fut nullement question; elle ne vou-

lut pas fortir de l'auberge, fe retira encore dans une chambre particuliere et me
laisfa dans une impatience cruelle jusqu'au
lendemain matin.

Le déjeuné étoit fur la table, et je me
promenois en long et en large dans la
chambre, impatient et cependant tresfail-
lant de joie, penfant que ce jour m'alloit
mettre en posfeffion de l'objet que j'idola-
trois et me faire l'époux de la femme la
plus accomplie. Le Soleil n'avoit jamais
brillé avec tant d'éclat; le fon des cloches
avoit quelque chofe de réjouisfant et d'a-
nimé; le jour étoit propice; tout fembloit
fait pour la joie, et mes idées fe fuccé-
doient avec autant de chaleur que de ra-
pidité. La porte s'ouvrit enfin, et mon
époufe entra. ,, Ah! Misf Benfon, lais-
,, fez-là ce voile importun! que j'aie le
,, bonheur de voir cette figure charmante
,, dont j'ai été privé fi longtems." Elle y
confentit et mit bas fa coëffe. Quelle
fut ma furprife, Mafon, lorsqu'au lieu de
l'aimable Julie, je vis un diable femelle,
que je reconnus à fes yeux éraillés et

chasfieux pour fa femme de chambre.
Cependant je revins dans peu de ma furprife et dis à cette fille : ,,où est votre
,,maîtresfe, mon enfant? Seroit-elle res-
,,tée en Suffex?"

,,Oui, Monfieur; ma maîtresfe n'est
,,point venue ici."

,,Qui donc?"

,,Moi, Monfieur."

,,Quoi! voilée et déguifée ainfi, de
,,maniere que je n'ai pu vous connoî-
,,tre?"

,,Oui, Monfieur."

,,Par ordre de qui."

,,De ma maîtresfe, Monfieur."

,,Et votre maîtresfe vous a ordonné de
,,faire ainfi fon perfonnage?"

,,Oui, Monfieur."

,,Savez-vous pourquoi?"

,,Non, Monfieur; mais elle dit qu'elle
,,a formé un plan particulier d'opérations,
,,et que cette démarche extraordinaire
,,étoit abfolument nécesfaire."

,,Un plan particulier d'opérations!
,,Ah!... elle a dit cela?"

C 3

„Oui Monſieur."

„Et que cette démarche étoit abſolu-
„ment néceſſaire?"

„Oui, Monſieur; et que la catastope
„arriveroit en ſon tems, quoique ce ne
„ſoit pas à préſent."

„Vous voulez dire catastrophe, mon
„enfant. . . . Elle a obſervé cela?"

„Oui, Monſieur, elle l'a obſervé."

„Et comment retournerez - vous chez
„vous maintenant?"

„Chez moi; Monſieur? J'y ſerai dans un
„moment: je ſuis venue chez mes pere et
„mere, qui demeurent ici."

„Mais comment retournerez - vous chez
„votre maîtreſſe?"

„Je n'y retournerai point, Monſieur;
„ma maîtreſſe m'a donné mon congé; el-
„le n'a pas beſoin de moi pour le préſent:
„elle m'écrira dans la ſuite ſi je lui ſuis
„utile."

„Elle n'a pas beſoin de moi!"

„Oui, Monſieur, c'est là ce qu'elle
„m'a dit."

Je vous écris ceci de Stone, où je ſuis

retourné de Manchefter après cet affreux
contre - tems. Je ne doute point, mon
cher Mafon, que cette affaire ne vous four-
niffe une ample matiere de plaifanterie ;
mais je fuis fûr auffi que cela vient de ce
que vous ne réfléchirez pas affez fur cette
importante déclaration : *que c'eft un plan
particulier d'operations qui a rendu cela
néceffaire.* Vous ne conçevez point que
ces plans d'opérations puiffent produire
des événemens auffi finguliers. Moi, je
juge que Misf Benfon a fait quelque découverte qui ne lui a pas permis de venir avec moi, & qu'elle a craint que ma
préfence en Susfex n'eût des fuites funestes , fi ce qu'elle prevoyoit avoit lieu.
Voilà ce qui s'explique naturellement pour
l'homme conféquent qui agit d'après lui-
même. C'eft à ce principe que tient la
fageffe humaine, & l'on ne s'en écarte jamais impunément dans le cours de la vie.
Qu'on fe moque tant qu'on voudra de
ceux qui ont un plan raifonné de conduite ; il n'en fera pas moins vrai qu'ils ap-
prochent beaucoup plus du but qu'ils fe

propofent, que ceux qui fuivent les fen-
tiers battus, & fe laiffent entraîner par la
multitude dans la conduite de leurs affaires. Adieu, mon ami; écrivez-moi, je
ferai bien-aife de favoir ce que vous penfez là-deffus.

THOMAS FITZGERALD.

LETTRE V.

MR. MASON à MR. FITZGERALD.

UNE piece où l'on auroit raffemblé les
traits les plus ingénieux des meilleurs
poëtes, ne m'auroit pas tant fait rire à
beaucoup-près que votre derniere. Ne
vous fouvient-il point que, lorfque je
vis Misf Benfon chez Mr. Cremer, je
vous dis que c'étoit le comble de l'impertinence, avec votre tête à combi-
naifon, de prétendre & même de pen-

fer à elle. Votre imagination ardente
ne voit rien en elle qui n'y foit réellement : cela même devroit vous faire juger que vous n'êtes pas digne d'elle.
Comment a-t-il pu vous venir dans l'i-
dée que *les rapports moraux des chofes,
une conduite raifonnée & la néceffité d'un
plan de vie*, pourroient faire impreffion fur
le cœur d'une jeune perfonne, belle comme l'étoille du matin, qui n'eft qu'efprit,
que feu, qu'imagination? Vous étiez affez
favorifé de la nature & de la fortune pour
porter vos vues jufqu'à elle, mais vous
avez un jargon, en quakerifme d'idées,
capables de faire échouer les prétentions
des hommes les plus formidables au fexe.

Vous devez juger, d'après ce que je
viens de vous dire, que je fuis très-per-
fuadé, qu'on fe moque de vous & que
vous avez fait la folie la plus complette
dont j'aie jamais entendu parler. Le pere de fa femme de chambre demeure à
Manchefter: en bonne vérité, c'étoit un
moyen bien honnête de fe défaire de
cette fille & de la renvoyer chez elle.

C 5

Refléchiffez pour un moment fur la vie
qu'a mené Misf Benfon. Reléguée dans
un château où l'on ne connoiffoit d'autres
plaifirs que ceux de la chaffe & de la bou-
teille, où la converfation n'avoit j'amais
pour objet qu'un chien ou un cheval ;
accoutumée d'ailleurs à la bonne compagnie de Londres, & ayant tout ce qu'il
faut pour en faire les délices, & par
cette raifon même tout ce qu'il falloit
auffi pour être malheureufe chez fon pere ;
dans une pareille conjončture, dis - je, il
eft clair que vous deviez fuppofer qu'un
homme, quel qu'il fût, qui fe préfente-
roit à elle fur le ton d'amant, devoit oc-
cafionner un changement de fcene. Si c'é-
toit un homme d'un efprit vif & agréable,
le tems devoit paffer rapidement avec lui;
fi, au contraire, c'étoit un efprit lourd &
pefant, & même un homme à fiftême, il
ne pouvoit que lui apprêter à rire. Elle ne vous faifoit bon accueil & ne vous
encourageoit que pour paffer le tems ; &
je vous jure qu'elle a ri d'auffi bon cœur
que moi, du voyage galant que vous avez

fait avec fa femme de chambre. Mon bon
ami, quand ferez vous convaincu que l'a-
mour ne veut ni regle ni méthode, qu'u-
ne conduite raifonnée le tue & que
l'efprit de fyftême, loin de conquerir, ne fait
que dégoûter une amante? Hé! ne voyez-
vous pas que vos idées font celles d'un
autre monde, ou au moins d'une autre
partie du globe ?   On auroit peine à
les pardonner à un bachelier de foixante-dix ans. Comment voulez-vous qu'on
les paffe à un jeune homme de trente-
cinq ? Badinage à part, le mieux que
vous puiffiez faire, c'eft d'oublier Misf
Benfon ; car je vous donne ma parole
que vous ne ferez jamais pour elle qu'un
objet de rifée.

J'efpere que votre retour en Suffex aura rallenti la rage des combinaifons ; &
vous voyez fans doute à préfent les chofes dans leur jour naturel. Dépêchez-
vous de m'écrire une autre lettre qui me
donne lieu de juger que vous êtes revenu
dans votre bon fens. N'oubliez pas de
me faire part de ce qu'auront dit de vo-

tre voyage les Benſon, pere & fils,
& le jeune Slingsby, ce braconnier impitoyable.

LETTRE VI.

Miſ BENSON *à* EMILIE WATSON.

Vous êtes dans l'erreur, ma chere
Emilie, ſi vous croyez que je donnerai
dans le *piege*; (je me ſers de votre expreſſion) l'homme qui m'y prendra doit
être un animal bien différent de tous ceux
que j'ai vus juſqu'à préſent. Hé! pourquoi tant vous étonner que j'aie quitté
mon pere, après toutes les peines qu'on
a priſes pour me rendre ſa maiſon odieu-
ſe! Mon bien ne dépend ni de lui ni de
perſonne; j'en ai aſſez pour vivre hono-
rablement, ſi je fais être économe. Oh!
ſûrement il y a plus d'agrément à ſuivre
librement ſes propres goûts, qu'à être ren-

fermée avec un pere tyran, un frere brutal, un amant plus infupportable encore;
auffi n'ai - je pas balancé à prendre mon
parti. Il eft vrai que ie n'avois pas pris
toutes les mefures que j'aurois du; mais,
s'il y a éu quelque incident, c'eft à votre frere qu'il faut l'attribuer; c'eft fon
abfence de *l'hôtel* qui a occafionné ma
rencontre avec Mr. Melville.

Vous voulez à toute force que je vous
faffe un plus long détail de la maniere dont
j'ai été traitée chez mon pere: il vous plait
de me dire que vous ne voyez pas encore affez clair dans ma conduite & qu'il
vous faut une plus ample explication pour
me difculper. Pour vous ôter tout fujet d'inquiétude là - deffus, je vais vous raconter quelques anecdotes qui, je fuis perfuadée, me juftifieront fuffifamment aux
yeux de mon amie: quant aux gens aufte-
res, je n'ai pour eux que du mépris.

A neuf ans Mr. Mellish mon oncle &
fa femme, qui étoient fans enfans, me
prirent chez eux. Mon pere y confentit
de bon cœur, d'autant plus que l'éduca-

tion que j'avais chez lui n'étoit propre
qu'à faire une fervante de peine ou une
cuifiniere: une éducation honnête & fuivie lui eût donné trop d'embarras. On
n'eut jamais plus de tendreffe & d'indulgence que Mr. & Me. Mellish en eurent pour moi. Leur indulgence ne ve-
nóit pas de foibleffe, mais d'un fond inépuifable de bonté. La maniere dont ils
me traitoient, étoit raifonnée, judicieufe,
toujours parfaitement adaptée à mon plaifir & à mon inftruction, &, ce qui eft trés-
rare, dirigée de façon qu'elle répondoit à
ces deux fins fans que l'une nuifît à l'autre. Ils me donnerent les meilleurs maîtres en tout genre; mais, de crainte qu'-
avec les lumieres que j'acquerois par leur
moyen, je ne priffe un ton de pédanterie
(c'eft l'expreffion de mon oncle) aufi ridicule dans quelques femmes que dans un écolier tout couvert encore de la poufiere du
college, ils me faifoient voir habituellement
les meilleures compagnies. Mon oncle
paffa un hiver à Paris avec tout fon monde, uniquement pour me perfectionner

dans la langue françoife & m'amufer de quelques - unes des pompeufes folies de la cour de France. Deux ans après il fit de même un tour en Italie, afin que j'appriffe à Florence la langue Italienne qu'il aimoit à l'excès & qu'il croyoit auffi utile que la Françoife.

Sur ce plan il me fit apprendre avec le même foin & la même attention le François, l'Italien, le Latin, la mufique, la danfe & le deffin. En Angleterre, en France, en Italie, partout il me donna les maîtres qui avoient le plus de célébrité, fans égard à ce qu'il en pouvoit coûter. Il eft dangereux fouvent que les femmes foient fi inftruites; mon oncle le favoit; c'eft pourquoi il eut toujours l'œil le plus attentif fur mes mœurs, & s'appliqua furtout à me faire éviter le fatal écueil de *l'imagination*, contre lequel tant de perfonnes de notre fexe viennent échouer; mais j'oferai affurer qu'il lui étoit impoffible de fuivre l'éducation d'une femme & de la garantir entiérement des preftiges de l'imagination.

Mr. Mellish , en me perfectionnant
dans ces langues , se proposoit autant de
me mettre en état de les lire que de les
parler. J'étois enchantée de pouvoir lui
lire en entier quelque ouvrage des poëtes Latins & Italiens , aussi - bien que des
auteurs francois. Il me disoit souvent que
les femmes devroient lire les meilleurs ouvrages afin de se former l'esprit & se culti-
ver le goût; que c'est le seul moyen de ne
pas donner dans une affectation qui gâte
une infinité d'exellens caracteres. ,, C'est la
lecture ,, me disoit - il, ,, qui vous appren-
,, dra ce que le monde fut aussi - bien que
,, ce qu'il est; qui vous montrera la mar-
,, che & la gradation des connoissances &
,, des mœurs, les positions critiques & la
,, conduite de votre sexe dans les autres
,, pays & dans les siecles antérieurs; en
,, lisant, vous verrez, ma chere Julie, que
,, les hommes ont été à peu - près toujours
,, les mêmes: si par fois vous remarquez
,, quelque différence, vous en obferverez
,, en même tems les raisons; partout vous
,, verrez l'empire de la vertu & le grand
avan-

avantage qu'il y a de polir & d'orner
l'esprit humain, effets toujours uniformes,
toujours réguliers, quoique consignés dans
les fastes de nations différentes, quoique
rapportés par des écrivains qui ont vécu
dans des siecles reculés & dont les langues différoient ; bientôt vous serez convaincue par l'expérience que la sagacité
de l'esprit, la délicatesse du sentiment,
font les fruits de la lecture des bons livres, & vous vous féliciterez de jouir
de ces précieux avantages. L'affectation
& la sotte vanité, filles de l'ignorance &
du demi-savoir, n'ont point de prise sur
un esprit pourvu de connoissances qui dans
tous les tems font applicables aux événemens de la vie.

J'avois vingt ans quand nous allâmes
à Florence. J'y fis connoissance avec le
Lord William W. — homme fait pour captiver un cœur sensible, mais manquant des
qualités nécessaires pour le conserver ;
aimable, quoique rempli de vices, d'autant
plus dangereux que son hypocrisie prenoit
aisément la forme de la vertu qu'il vou-

Partie I.   D

loit entraîner dans l'abîme du crime.
Mr. Mellish y fut trompé comme moi. Un
homme de qualité, héritier d'une immen-
se fortune, deftiné à remplir les premieres
places de l'Etat, ayant d'ailleurs tous les
dehors de la vertu, de grands talens,
un efprit vif & une figure faite pour plaire ... il n'eft pas furprenant qu'un tel
homme qui me faifoit une cour affidue
& flatteufe, qui déclaroit à Mr. Mellish
& à tout le monde qu'il n'avoit d'autres
vues que celles que l'honneur avoue; en
un mot, qu'il ne feroit jamais heureux
que du moment qu'il obtiendroit ma main;
dans de telles circonftances, dis-je, la
femme la plus circonfpecte auroit donné
dans le piege auffi-bien que moi. ,,Pour
,,ce qui eft d'intentions deshonnêtes,
,,dans le fens qu'on l'entend ordinaire-
,,ment, il ne pouvoit en avoir ... il
,,n'en avoit pas même l'idée,'' difoit-il.
,,Mon caractere, ma famille lui infpi-
,,roient une crainte refpectueufe.'' Il em-
ploya trois mois à fe rendre maître d'un
cœur qui n'avoit encore éprouvé au-

cune paffion. J'avoue, & très-franche-
ment, que je l'aimai avec ardeur; mais
voyant que, fans le mariage, il n'avoit
rien à espérer, il dévoila le plus détes-
table de tous les caracteres. Ses affidui-
tés dans la maifon de mon oncle n'é-
toient pour lui qu'un amufement durant
fon féjour à Florence, & je lui fervois de
paffe-tems. Mr. Mellish, homme plein
d'honneur & de probité, ne vit pas plutôt Lord William W——me faire affidûment
la cour, qu'il écrivit au Duc fon pere,
pour l'en inftruire. Ce Seigneur, dans fa
réponfe à mon oncle, lui marqua beaucoup de reconnoiffance de fon procédé
honnête & l'informa qu'il laiffoit une pleine liberté à Lord William de fuivre fon
goût, & d'autant plus volontiers qu'il
comptoit entierement fur fa fageffe. A-
près la réception de cette lettre mon oncle lui permit de venir à la maifon
quand il lui plairoit; mais, lors qu'il
fut bien convaincu de la baffeffe de
fa conduite, il lui envoya un cartel conçu en des termes capables de porter le

D 2

defefpoir dans un cœur encore fufcepti-
ble de quelques fentimens honnêtes. Le
jeune Lord n'y eut aucun égard, & jugeant qu'il étoit beaucoup plus dangereux de fe mefurer avec un homme que
de manquer à une femme, il quitta Florence fans répondre au cartel. Mr. Mellish le pourfuivit à Verone, à Padoue,
à Milan & à Turin, dans le deffein de
le forcer à fe battre, s'il étoit poffible,
ou de le couvrir du dernier opprobre en
lui donnant publiquement des coups de
canne. La conduite du vilain prouva
qu'il étoit un lâche dans toutes les for-
mes; il quitta l'Italie, laiffant après lui la
plus mauvaife réputation. Mr. Mellish,
voyant qu'il étoit inutile de le pourfuivre
davantage, s'en revint à Florence, pro-
teftant qu'à fon arrivée en Angleterre,
il publieroit hautement combien le Lord
s'étoit montré méprifable en Italie.

En vérité, Ma chere Emilie, je fenti
que la paix avoit fui loin de mon cœur,
& pour toujours. Je n'avois pas pour
lui de ces fentimens tiedes, factices &

partagés; je l'aimais fincerement; auffi ne trouvai-je point dans mon cœur affez de forces pour réfifter à une pareille catastrophe. En vain la raifon combattoit ma folie d'aimer un homme que j'avois tant de fujet de détefter; en vain Mr. Mellish me parloit le langage de la plus faine philofophie pour me faire oublier un méchant fi indigne de mon attention, je ne pouvois ceffer de l'aimer. Cependant, pour tranquillifer mon oncle, je fis tout ce que je pus imaginer pour lui cacher la profonde bleffure de mon cœur, & je réuffis en partie. Je m'appliquai à mes études avec une nouvelle ardeur: Mr. Mellish forma une petite fociété pour m'apprendre le grec en converfant; & fit pour cela des dépenfes confidérables; il réuffit & fut content. Nous étions alors à Venife. Mon oncle penfoit que rien n'étoit plus propre à bannir de mon fouvenir Lord William W. —— que les arts & les fciences. La mufique adouciffoit mes peines; je concertois avec les plus grands maîtres. Nos voyages fe

faifoient à grands frais, &, afin de m'a-
mufer, les plaifirs étoient extrêmement
variés. Nous passâmes de Venife en Allemagne. Nous fîmes quelque féjour dans
les cours de Vienne, de Munick, de
Drefde: nous étions de tous les plaifirs,
admis d'autant plus volontiers dans les
plus brillantes fociétés, que mon oncle tenoit un grand train. Sa fuprême jouiffan-
ce étoit d'étaler mes talens & mes lumieres dans un païs où les femmes font
très-mal élevées. On me regardoit comme un prodige. Plufieurs partis fe pré-
fenterent; mon oncle ne m'en dit abfolument rien, je les refufai tous; je fentois que le don de mon cœur ne pouvoit
accompagner celui de ma main.

Jamais délicateffe ne fut plus grande
que celle de mon oncle fur cet article. Il
fouhaitoit de me voir avantageufement éta-
blie, furtout après le malheureux contre-
tems que j'avois éprouvé la premiere fois
qu'il en avoit été queftion; cependant
rien ne put le déterminer à me dire quoi que
que ce foit en faveur d'aucun des préten-
dans.

Après avoir paſſé à peu près un an dans les cours d'Allemagne, de Dannemarck & de Hollande, nous fîmes notre derniere pauſe à celle de Bruxelles, d'où nous revînmes à Londres. Mon oncle vouloit me faire oublier entierement Lord William W —— que je ſavois alors à Paris; dans cette vue il voulut que nous reſtaſſions tout l'hiver à Londres; ce bon parent voyoit de tems en tems ſur mon viſage un air mélancolique qui lui faiſoit craindre que ma guériſon ne fut pas complette; il s'en occupa & réuſſit en partie. Nous reprîmes notre charmant train de vie, & nos converſations, auxquelles nos voyages donnoient ſouvent lieu, furent toujours agréables & inſtructives.

Au printems . . . . Oh! mon Emilie! quelle perte! . . . quelle terrible perte! . . . Mr. Mellish mourut. Je puis dire avec vérité qu'il me laiſſa ſans pere. Jamais perſonne n'en remplit les devoirs avec une tendreſſe plus vraie, & un eſprit plus exempt de préjugé. Vous vous rappelez dans quel abîme de malheurs me

jeta cette mort fatale. Vingt-cinq mille
livres fterlings que m'avoit légué mon
oncle, ne me dédommageoient nullement
de cette perte irréparable : {chaque jour je
reffentois davantage ma miférable fituation, à laquelle je mettois le comble
toutes les fois que je penfois aux jours
heureux que j'avois paffés avec mon vénérable oncle. Trois mois après cette
cruelle cataftrophe je me rendis en Suffex dans la maifon de mon pere, où je
me trouvai exactement comme une étrangere. Quel changement pour moi qui
étois accoutumée à tous les agrémens de
la vie, & aux meilleures compagnies
qu'il foit poffible de trouver en Europe,
de me voir tranfplantée au centre de la
rufticité & de la groffiereté ! Mon pere qui
ne penfa, ne rêva jamais que chiens & chevaux, mon frere élevé au milieu d'un cercle
de gentilshommes campagnards, la plupart
chaffeurs, & tous ignorans & groffiers, dont
les femmes et les filles étoient incapables
de figurer ailleurs que dans une affem-
blée ou un dîner de gens rufliques; voi-

là quelle étoit ma compagnie. Ce n'eſt
pas encore tout : je n'étois même pas
aimée de mon pere. Il tournoit ou au
moins tâchoit de tourner en ridicule le
plan qu'avoit ſuivi mon oncle pour
mon éducation , frondoit ouvertement
toute inſtruction qui tendoit à donner aux
femmes des idées ſupérieures à ce qui
concerne le ménage : ceci s'adreſſoit a
moi. Quelques repliques de ma part ,
plus ſpirituelles que reſpectueuſes, firent
qu'il me traita comme ſi je n'avois pas
fait partie de ſa famille. Mon frere, de
ſon côté, me déclara une guerre ouverte , ne pouvant me pardonner mes con-
noiſances littéraires ; il n'y avoit pas
trois ans qu'il étoit ſorti de l'univerſi-
té , & n'en avoit pas moins la honte de
recevoir ſouvent des leçons de ſa ſœur.

Telle étoit ma ſituation lorsque deux
ſoupirans parurent ſur la ſcene, l'un gentilhomme de campagne, chaſſeur de pro-
feſſion, ſans ombre de bon ſens, comme
vous jugez bien ; c'eſt Slingsby, l'autre
étoit un homme peu fortuné, un fou à prin-

cipes, vifant à s'attirer de la confidération par un caractere original. Vous ne
fauriez vous imaginer à quel point je dé-
daignois ces deux hommes, qui ofoient
ouvertement fe déclarer mes amans, moi
qui avois refufé des Seigneurs qu'ils
n'auroient ofé regarder en face. A mon
mépris pour eux fe joignoit l'averfion que
j'ai pour tous les hommes en général,
dépuis l'infâme traitement que j'ai reçu
de celui à qui mon cœur s'étoit livré de
fi bonne foi.

Je crois bien, ma chere Emilie, que
fi mon oncle vivoit encore, mon caractere n'auroit pas éprouvé ce changement.
Trompée fi perfidement, fi baffement,
par un homme en qui je croyois toutes
les vertus unies, fon artifice a reflué fur
tout fon fexe dont je ne faurois plus efti-
mer aucun individu, de façon que,
quand on me parle d'amour, fon impofture
eft toujours préfente à mon efprit. Quelle apparence qu'après cela je me fie à aucun homme ! Il eft conftant qu'il s'en
peut trouver quelqu'un d'honnête, mais

à quel risque ne m'expoſerois-je pas après
avoir été ſi miſérablement jouée, ſi j'allois encore une fois ajouter foi aux propos de ce ſexe trompeur. Je ne réuſſi
rois pas mieux que je n'ai fait autrefois,
à pénétrer ce qui ſe paſſe au fond de
l'ame d'un lâche ſéducteur. L'Artiste
habile cache ſi bien ſon art qu'on ne
croit voir dans ſon ouvrage que la main
de la nature. Le mieux eſt donc de ſe
méfier de tous.

Mon averſion pour les hommes augmente tous les jours. Je ſens une eſpece de plaiſir malin quand je puis me venger ſur quelques-uns d'eux des outrages
que j'ai reçus. Il n'y a ſurement en cela ni générofité ni grandeur d'ame; &
Mr. Mellish auroit fortement combattu ce
ſentiment; je ſais les raiſons qu'il eût em-
ployées contre moi; j'en ſens la force;
mais l'infâme procédé du Lord William
a cauſé un ſi grand trouble dans mon ame,
que mon eſprit en a perdu toute ſa droiture. Je ne puis voir un jeune homme
prendre avec moi le ton d'amant, que je

ne le regarde prefque comme un repti-
le que je ferois tentée de fouler aux
pieds.

Depuis l'outrage que j'ai reçu à Florence, je n'ai plus regardé les hommes
qu'avec des yeux défavorables, ce qui
m'a rendu très-clairvoyante fur les défauts & les folies de chacun de ceux que
j'ai connus. Mon mépris pour eux vient
de la vanité de leurs prétentions. J'en
trouve fi peu qui aient un véritable favoir, fi peu qui ne foient ou des fats,
ou des imbéciles, ou des brutaux, qu'il
faut abfolument n'avoir pas le fens com-
mun pour avoir le moindre refpect pour
des êtres qui ne méritent en aucune maniere l'attention des femmes tant foit peu
éclairées. Le vice dégrade l'ame & ré-
duit ceux qui ont été favorifés des dons
de la nature & des avantages d'une bonne éducation, à la claffe de la plus vile
populace. Eft-ce ma faute fi je ne puis
rencontrer perfonne à qui la fcience, la
connoiffance des hommes, ou le génie,
donnent droit à une confidération particu-

liere ? N'eft-ce pas une pitié, fi vous cherchez la fcience, de ne pouvoir la trouver que dans un college parmi des gens qui n'ont ni la connoiffance ni la pratique des bienféances & des ufages reçus parmi les perfonnes bien nées? D'un autre côté, pour trouver des gens verfés dans la connoiffance de l'homme, c'eft au tripot des fripons, des chevaliers d'induftrie, qu'il faut les aller chercher; en un mot, au lieu d'hommes vraiment polis & honnêtes, vous ne voyez partout que des faquins & des poupées à la mode. Les voilà donc ces hommes qui s'arrogent la prééminence fur tous les êtres créés & qui regardent les femmes comme uniquement deftinées à leur amufement? auffi, dès que j'ai eu affez de lumieres pour découvrir la vanité de leurs prétentions, n'ai-je pu me dispenfer de les méprifer ; &, quand je confidere quels font en général leurs indignes procédés, je ne puis me défendre d'ajouter la haine au mépris.

Oui, mon Emilie, je hais & mépri-

fe les hommes, & je n'ai jamais tant de
plaifir, que quand je puis les punir de
leurs injuftices envers les femmes, en
leur faifant fentir leur ignorance, en ri-
diculifant leur fatuité, & faifant de leurs
vices les inftrumens de leurs peines. Si
jamais il m'arrive de fouffrir en paffant
les hommages de quelques-uns d'eux,
ce fera pour être leur rivale dans les
arts qui font de leur compétence, pour
les plaifanter fur leurs prétendus triom-
phes, & pour les accabler de mon mépris dans leur chûte. Mon cœur eft en
fureté contre toutes leurs attaques, &
j'efpere mettre à profit la fatale expérience que j'ai faite. Mais revenons.

L'Hiftoire de mes deux amans de Susfex eft une vraie comédie. Slingsby eft
une brute qui ne penfoit qu'à ma fortune
& à cimenter plus fortement fon amitié
avec mon pere & mon frere. C'eft à
eux qu'il adreffa d'abord fa fupplique.
Mon pere approuva très-fort fa penfée,
& mon frere faifit avidement cette occafion de mettre la difcorde entre nous

tous, car il jugeoit bien que je ferois
un refus poſitif. Slingsby, ſon compliment fait, devint mon amant en forme.
Il ſe préſenta comme tel avec une liſte
de quelques acres de terre en ſes mains.
Tandis que j'étois reléguée en Suſſex,
je manquois d'amuſement: ce drôle étoit.
bon pour me faire rire. L'accueil que je
lui fis fut fort enjoué juſqu'à ce qu'il
eût pouſſé ſa folie au terme où je l'attendois; alors je me moquai en plein de
lui & lui lançai des traits ſi ſatiriques
qu'il eut aſſez de jugement pour les ſen-
tir & en être extrêmement humilié; ausſi prit-il congé de moi & quitta-t-il
mon appartement avec autant de précipitation que s'il eût craint d'être jeté
par la fenêtre.

Cela me procura dès l'inſtant une viſite de mon pere. Je ne m'écartai point
du tout du reſpect que je lui dois. Pour
ce qui eſt de mon frere, ce fut toute
autre choſe; je lui marquai tant de mépris & dans des termes ſi piquans qu'il
reſta tout ſtupéfait. Il y avoit un moyen

de se venger; il ne le négligea pas: ce
fut d'exciter mon pere à me forcer de
donner ma main à Slingsby. C'est dans
ce tems que Fitzgerald se mit sur les
rangs, sans cependant que ma famille en
fût instruite. Cet homme est un imbécile d'une espece particuliere, dont je m'a-
musai beaucoup. Je lui donnai tout l'en-
couragement qu'il pouvoit desirer pour
avoir plus de facilité d'examiner son impertinent caractere ; mais quand je vis
que c'étoit le plus pauvre garçon du
monde, je me déterminai à ne pas le
tenir plus longtems en suspens.

Mon pere me dit que sa résolution é-
toit prise, qu'il prétendoit que j'épousas-
se Mr. Slingsby. Je ne dis point que
non, quoique bien décidée de n'en rien
faire; il nomma ensuite le jour de la cérémonie, jurant qu'il m'y forceroit &
que, quand même j'aurois vingt-cinq
millions au lieu de quelques mille livres
sterlings, il me feroit voir qu'il étoit
maître ; enfin, il me fit entendre qu'il
me renfermeroit si je lui resistois. Comme
j'étois

entre les mains d'un tas de brutes, fituation qui me déplaifoit infiniment, je
me déterminai à quitter la maifon au
plutôt.

Fitzgerald vint heureufement dans cette crife. Ses vifites auroient été fufpec-
tes fans la précaution qu'il prenoit toujours d'accompagner un ami de mon pere & de mon frere à leurs parties de
dîner. Il m'annonça avec beaucoup de
gravité que je devois époufer Slingsby au
premier jour. ,, Un moyen d'éviter ce
malheur," ajouta-t-il, ,, c'eft de prendre la fuite & de me donner votre main."
Cette impertinence méritoit correction :
je réfolus de lui jouer un tour dont il
n'auroit pas à fe louer. Je ne voulois
pas que ma femme de chambre m'accom-
pagnât à la ville, afin de n'avoir avec
moi aucun témoin du traitement ridicule
que j'avois esfuyé en Susfex; en conféquence je lui donnai fon congé. Ses
parens demeurent à Manchefter, & elle
ne favoit comment s'y rendre. Je dis à
Fitzgerald de m'attendre avec une chai-

Partie I. E

fe de poste à une heure que je lui fixai,
après lui avoir fpécifié que je voulois porter un masque jusqu'à Manchester , &
exigé de lui qu'il ne me diroit pas un
mot dans tout le cours du voyage. Je
donnai enfuite à Betty fes inftructions &
lui recommandai de les fuivre de point
en point. Fitzgerald fut ponctuel ; & mon
Abigaïl entretint parfaitement durant tout
le voyage l'illufion de cet amant qui regardoit déjà fon mariage avec moi comme conclu. C'étoit un tour qu'il méritoit
bien. Je m'étois pourvue cependant d'u-
ne chaife pour moi-même dans une ferme voifine ; j'y fis porter ma malle où
j'avois mis quelques habits & mes bijoux;
après quoi difant adieu au païs , je pris
le chemin de Londres.

Mon plan étoit d'aller defcendre chez
Mr. Cazan dont j'étois connue & à qui
j'avois fait pasfer une fomme confidérable afin que fa femme me procurât un
logement jusqu'à ce que je pusfe avoir
une maifon meublée ; car je n'étois pas
dans le goût de ne voir perfonne en at-

tendant que je pusfe paroître parmi mes connoisfances d'une maniere convenable. Dans
la crainte de quelque événement qui déran-
geât ce plan, j'avois écrit à Mde. Patrick
qui eft une parente fort obligeante, comme vous favez, de fe trouver à ma rencontre chez Mr. Cazan, & en cas qu'elle n'y vînt pas, de m'attendre un hôtel
en Pall - mall, avec une voiture pour
m'emmener tout de fuite. Malheureufe-
ment Cazan avoit changé de logement;
néanmoins je crus pouvoir confier ma
ma malle à la maîtresfe de la maifon,
& je pris le chemin de Pall - mall, efpé-
rant d'y trouver Me. Patrick. Elle n'y
étoit point: le domeftique à qui je la demandai me dit qu'on ne l'avoit pas vue
à l'hôtel, & comme on l'appella dans l'inftant, il me ferma la porte au nez fans
plus de complimens. Provoquée, vexée,
fruftrée & fatiguée, je fondis en larmes.
La crainte d'être obfervée m'en fit cependant arrêter promptement le cours;
mais je l'avois déjà été par deux mes-
fieurs qui s'avançoient vers moi. Un d'eux

m'adresfant la parole , me fit des offres
de fervice avec tant de politesfe & dans
des termes fi honnêtes que je les acceptai. Je le priai de me faire conduire à
quelque autre logement. J'avois des
craintes de toute efpece. Mde. Patrick
m'auroit - elle trahie, me difois - je ? Se-
rois - je pourfuivie ?   La fatigue m'a fait
faire une imprudence , & je me fuis prife à la premiere branche qui s'est préfentée.   Ce Monfieur fit venir une chaife à porteurs & me fit conduire à fa maifon en Germyn - ftreet, où je fus dans
une étrange confufion & où je pleurai
encore beaucoup, je crois : mais c'est
une chofe que j'ai prefque entierement
oubliée. Rien ne pouvoit m'arriver de
mieux ; c'eft l'homme du monde le plus
honnête & le plus obligeant ; je penfe
qu'il pourra m'être d'une grande utilité
pour mes affaires. Sa maifon eft tenue par
une fœur qui est la plus excellente Demoifelle & le meilleur caractere qu'on puisfe trouver. Leur honnêteté me fit accepter l'offre qu'ils me firent de demeu-

rer chez eux, au lieu d'aller à une auberge. Je leur fis part d'une grande partie de mon hiftoire , leur cachant feulement vingt mille livres fterlings de ma
fortune, & cela pour certaines raifons à
moi connues. Je crus néanmoins qu'il
étoit à propos de leur faire connoître
qu'ils ne devoient pas craindre que je
fuffe à leur charge en demeurant chez
eux.

Voici où j'en fuis maintenant, ma chere
Emilie. J'ai fait deux courfes pour chercher une maifon , je n'en ai point trouvé qui me convinffent. Je veux en a-
voir une en Pall-mall, s'il eft poffible ,
finon quelque part dans le *Grosvenor-
fquare.* Je compte la meubler élégam-
ment, prendre un certain nombre de domeftiques & vivre avec tous les agrémens que ma fortune femble me pro-
mettre.

J'ai écrit à Mde. Henri pour l'informer
de mon intention & l'inviter à venir paffer quelque tems avec moi. Vous favez qu'elle a un revenu bien modique.

E 3

Je me propose de la prendre chez moi
en qualité de parente ; c'est un
moyen de faire taire la langue maligne
des gens qui n'imaginent pas qu'une
femme de mon âge puisse décemment
vivre feule. Je pense qu'elle se char-
gera volontiers du soin de tenir la maison , & m'épargnera les détails minu-
tieux du ménage. Mon revenu est suf-
fisant pour que j'aie une voiture , malgré mes dépenses, peut-être trop confidérables, en livres , en tableaux & autres objets de fantaisie. Je vous dirai
par parenthese que mes connoissances
sont toutes en *George - street ;* si j'étois
venue quinze jours plus tard à Londres,
elles auroient été toutes parties pour le
Susfex. Lors donc que je serai arran-
gée dans ma maison , comme je me le
propose , je serai dans le cas de mener
une vie agréable & indépendante ; je ré-
prendrai mes amusemens ordinaires en
suivant, autant que mes facultés me le
permettront , le même plan que j'aurois
suivi , si le ciel ne m'eût pas privé du

meilleur, du feul ami que j'eus dans le
monde. Bon dieu! quelle perte j'ai faite à la mort de Mr. Mellish. Je ne
cefferai jamais de le regretter tant qu'il
me reftera un fouffle de vie, & d'hono-
rer fa mémoire comme celle d'un homme dont ce monde n'é oit pas digne. Si,
d'après le plan que je viens de tracer,
je puis couler mes jours dans l'aifance
& la tranquillité, ou plutôt, fuivant le
fyftême de Mr. Mellish, me faire de
l'étude, des affaires & des amufemens de
la ville, un délasfement de l'attention
que je dois à des objets plus esfentiels;
peut - être me fera - t - il posfible de mener une vie agréable: je ne dis pas heureufe; je crains fort que cela ne foit jamais. J'ai fait de fi longs & de fi pé-
nibles efforts pour bannir de mon cœur
l'indigne objet qui ne cesfe de le remplir, que je crois cette tâche au - desfus
des forces de la nature. Je m'arrête encore avec plaifir à l'idée la plus doulou-
reufe qui foit jamais entrée dans mon
efprit. Quelque étrange que cela vous

E 4

paroisse, la chose n'en est pas moins
vraie. Quelle raison n'ai - je pas de croire que j'aurai toutes les peines du monde à dompter une passion qui se tient
cachée au fond de mon cœur!

Adieu, ma chere Emilie; je suis toujours votre fidele amie,

JULIE BENSON.

LETTRE VII.

Mr. MELVILLE à Mr. FREDERIC.

C'EN est fait de votre ami, mon cher
Henri, c'en est fait! plus de remede!
Cette femme adorable ne me permet plus
de penser qu'à elle. Je ne vis plus qu'en
sa presence; son image me suit partout;
en un mot de jour comme de nuit elle
est toujours présente à mon esprit. Ma
passion est parvenue à un tel excès qu'il
faut que je la déclare, ou que mon cœur

fe brife. La déclarer! Hé à qui?... A
Misf Benfon. Oh! ce feroit le comble
de la folie. Je n'ai point d'efpérance,
point d'idée d'un meilleur fort, point
d'autre perfpective que le défespoir.

Remplie de politesfe & de bonté, l'aimable Julie ufe avec moi d'une complaifance & d'une liberté qui me font
éprouver des angoisfes pires que la mort;
je l'aime éperdument & le don de fon
cœur eft le feul dont le mien puisfe être
fatisfait.

Misf Benfon eft en tout la plus accomplie comme la plus belle de fon fexe.
La femaine derniere nous eûmes occafion de voir plufieurs fois compagnie.
Différens objets de littérature ayant été
mis fur le tapis, elle fe vit comme forcée de nous dire ce qu'elle en penfoit.
Menill, qui, comme vous favez, connoît parfaitement les auteurs clasfiques,
m'asfure qu'il n'a jamais vu perfonne
qui les entende mieux qu'elle, & il foupçonne qu'elle fait le Grec & le Latin.
Elle parle le françois, l'Italien, l'Alle-

mand avec autant de facilité que l'Anglois. En un mot, elle connoît parfaitement les écrivains les plus célebres & les plus élégans. Vous prendrez ceci pour une hiperbole : vous aurez tort ; c'est un fait, & Menill vous le dira comme moi. Je vous ai déja parlé du charme de sa voix & de son talent pour la musique qui surpasse tout ce qu'on peut imaginer en ce genre. Chaque mouvement de son corps, sans former une figure réguliere, annonce qu'elle danse avec toute l'élégance, avec toutes les graces possibles. D'où lui viennent toutes ces perfections? La fille d'un simple gentilhomme de Susfex, éclipser les plus éblouisfantes beautés de St. James! . . . les éclipser dans tous les talens qui sont les fruits de la plus brillante éducation, autant qu'elle les surpasse en beauté! . . . être un prodige de science sans la moindre affectation ! tout cela tient du merveilleux. Laisfez - moi vous dire encore que, quand elle est parée, elle a un air majestueux, un maintien noble & simple,

quelque chofe enfin qu'on ne fauroit ex-
primer, mais qui la feroit prendre pour
une Reine, tandis que l'expreffion de fa
phifionomie eft celle de la douceur même, les graces raijonnant de toutes parts
dans tous & chacun de fes traits. Oh! asfurément c'eft la femme la plus extraordinaire que j'aie jamais vue. Soyez de bonne
foi, mon ami, & dites-moi maintenant fi
vous ne la croyez pas digne de mon amour.

Le jeudi au matin.

Chaque jour nous apprend quelques
particularités nouvelles & intéreffantes
touchant Misf Benfon. Après s'être donné beaucoup de mouvemens pour avoir
une maifon, elle en a enfin loué une en
Pall - mall, dont elle doit donner par an
cent quatre - vingt livres fterlings, après
qu'on y aura fait les réparations néces-
faires. C'eft quelque chofe de bien étrange qu'elle paie fi gros pour le loyer
d'une maifon, n'ayant pour tout bien que

cinq mille livres sterlings, dont le produit annuel ne peut-être que de deux
cent cinquante livres. Pourquoi prend-
elle donc une maison si considérable?
c'est une énigme dont je ne saurois trouver le mot. Dans deux mois la maison
doit être prête à la recevoir. Elle a été
deux ou trois fois chez des tapissiers &
autres marchands de meubles & en a re-
tenu une grande quantité, presque tous
élégans & précieux. Je ne comprens
rien du tout à cela. Quoi qu'il en soit,
je suis le plus heureux des mortels quand
elle me fournit quelque occasion de lui
être utile : elle me consulte & m'emploie
dans toutes ses affaires, & cela d'une façon qui rend les services que je lui rends
parfaitement libres. Elle s'excuse souvent
de l'embarras qu'elle nous donne, & at-
tend avec beaucoup d'impatience que sa
maison soit réparée, afin de n'être plus
à la charge de notre politesse (c'est là
son expression). Quand elle vit que les
réparations ne se faisoient pas aussi vivement qu'elle le désiroit, elle en témoigna

beaucoup de peine, & nous dit qu'elle
devoit aller dans le Huntingdonshire voir
une jeune dame, fon intime amie, parce
qu'elle ne pouvoit fupporter l'idée de
nous être à charge fi longtems. Ces paroles furent pour moi comme un coup de
foudre. Je lui dis tout ce que je pus
imaginer de plus perfuafif afin de l'engager à fe fervir de ma maifon comme de
la fienne propre , & pour la détour-
ner de ce voyage dans un tems où il
étoit bon qu'elle fût à la ville pour donner un coup d'œil aux réparations & à
l'ameublement de fa maifon. A quoi fe
refoudra-t-elle? Je n'en fais rien; mais
ce qu'il y a de bien fûr , c'eft que je
maudirai le moment qu'elle nous quitte-
ra, dans quelque tems que ce foit.

Adieu.

RICHARD MELVILLE.

LETTRE VI.

Mr. Frederic à Mr. Melville.

Je n'ai pas le tems de vous dire au
long ce que je penſe de Miſſ Benſon;
mais comptez ſur moi qu'on vous en im-
poſe. C'eſt la chaste maîtreſſe de quelque millionnaire qui eſt abſent. Peut-
être allez - vous porter les chaînes d'une
femme dont la réputation vous fera rougir toutes les fois que vous y penſerez.
Ne vous laiſſez pas éblouir par ſes brillantes qualités. Dans la ſuppoſition que
votre amour ne vous aveugle pas entierement, ſon chant, ſa danſe, ſon Italien, ſes connoiſſances enfin de toute
eſpèce, répareront-elles l'injure que vous
recevrez tant du côté de l'honneur que
de celui de la fortune, ſi vous épouſez
une fourbe ou le miſérable rebut de
quelque autre! En tout cas approfondiſ-
ſez l'hiſtoire de ſa vie plus que vous n'a-

vez fait jufqu'à préfent ; rendez - vous maître de votre paffion jusqu'à ce que vous puisfiez raifonnablement préfumer qu'elle ne vous précipitera pas dans un abîme de malheurs. Un écolier, couvert encore de la pousfiere de l'école, ou qui eft encore fous la férule d'un régent, peut efpérer de l'indulgence, lors même que l'amour lui feroit faire les plus grandes bévues; mais vous, mon ami, vous devez penfer que vous êtes d'un âge où le manque d'expérience ne peut vous fervir d'excufe. Ne dédaignez pas un avis fi important, fans quoi vous courrez grand risque de vous en repentir amerement.

Je fuis &c.

HENRI FREDERIC

LETTRE IX.

Mr. Fitzgerald *à* Mr. Mason.

Je vois par votre lettre que mon voyage à Manchester a fourni ample matiere
à vos plaisanteries; ce que j'y trouve de
plus étrange, c'est que ce soit moi qui sois
l'objet de toutes ces plaisanteries. J'en
vois aisément la raison : c'est que vous
êtes du nombre de ceux qui n'ont nulle
idée d'une conduite raisonnée, & qui, incapables de se frayer eux - mêmes une
route, se suivent les uns les autres dans
des sentiers qu'ils ont trouvés tout faits.
Peut - être le tems vous apprendra - t-
il combien vous vous êtes mépris en
adoptant un pareil plan de vie.

Je vous avouerai cependant , qu'il n'y
a pas d'étonnement comparable au mien
quand je vis que j'avois fait une promenade de deux à trois cens mille, & à
gros frais , pour faire ma cour à la sui-
vante

vante au lieu de la maîtresſe. Malgré
cet incident, telle eſt ma confiance dans
le génie rare de Misſ Benſon, que ne je
doute nullement que ſon plan de conduite
ne ſoit l'effet d'une obſervation plus réflé-
chie de quelques circonſtances que j'ignore
& que c'étoit le ſeul moyen, peut-être,
de faciliter, d'accélerer & d'asſurer notre mariage. Plein de cette idée ravis-
ſante, je revins en Susſex, non à la
vérité, du même train que j'en étois parti. A mon arrivée mes amis marquerent
beaucoup de ſurpriſe de me voir; ils
étoient dans la perſuaſion que Misſ Benſon s'étoit enfuie avec moi, parce que
nous avions diſparu en même tems. J'eus
beau proteſter que je ne l'avois pas
vue; on ne me crut point. D'un autre
côté, la nouvelle de ſon évaſion me convainquit de la vérité de mes conjectures.
Quelque événement qu'elle n'avoit pu pré-
voir, lui a fait préférer d'aller ſeule, comme un moyen plus ſûr. Je ne fais aucun doute que je ne reçoive en peu une
lettre d'elle, qui m'apprendra où elle eſt

I. Partie.   F

& qu'elle est prête à remplir la promesse dont dépend le bonheur de ma vie.

Les Bensons, ces vilains automates, sont
fort aises, autant que j'en puis juger,
de ce qu'elle les a laissés. L'un & l'autre tiennent sur son compte les propos les
plus affreux, & marquent une joie indé-
cente de son évasion. Il n'en est pas de
même de Mr. Slingsby ; il s'en faut de
beaucoup qu'il partage leur contentement,
Dès qu'il sut mon retour, il vint me
trouver, & me demanda, de l'air le plus
impertinent, ce que j'avois fait de la de-
moiselle qui lui avoit été destinée pour
épouse. Je lui fis une réponse si laconi-
que & si brusque, qu'il resta la bouche
béante, & de ce moment je n'ai plus entendu parler de lui.

Comme j'attens d'un jour à l'autre une
lettre de Miss Benson, je ne vous ferai
point passer ceci que je n'y puisse ajouter quelque chose de plus positif.

Londres.

Mon cher Mafon, je fuis à demi convaincu que vous avez deviné la vérité, &
je crains beaucoup d'avoir été vilainement
dupé. Voici le détail des circonftances
qui m'ont dévoilé ce myftere.

J'avois attendu plufieurs jours fans recevoir des nouvelles de Misf Benfon; à
la fin je m'impatientai, & je crus devoir faire quelques démarches pour découvrir en quel endroit elle s'étoit enfuie.
J'allai en conféquence dans les villes cir-
convoifines, queftionnant partout les postillons. Moyennant quelque argent pour
boire, je fus qu'elle avoit pris le chemin
de Londres. Muni de cette inftruction,
j'allai de relais en relais toujours m'in-
formant d'elle. Au dernier, le poftillon
me dit l'avoir conduite en Charing-Crosf,
chez un jouaillier. J'examinai toutes les
maifons de ce quartier & trouvai enfin
celle de ce jouaillier. Sa femme étoit
feule à la maifon quand je m'y préfentai. Je m'informai de Misf Benfon en

F 2

lui en faifant la defcription, & lui difant
quand à peu près elle étoit venue chez
elle, ajoutant que c'étoit des affaires de
conféquence qui l'y avoient amenée. Cette femme, après avoir rêvé quelque tems,
me dit que la dame dont je lui parlois,
s'étoit préfentée à fa boutique, croyant y
trouver une autre perfonne qui étoit dé-
logée; que, chagrine de ce contre-tems,
elle s'en étoit allée après l'avoir priée de
garder pour quelque tems fa malle, qu'elle avoit envoyé querir depuis. ,, Où à
t-elle été portée, lui demandai-je?"
En Germyn-ftreet, me dit-elle; mais je
ne fais dans quelle maifon; peut-être
le porte-faix s'en fouviendra-t-il? Je
la priai de le faire venir. Cet homme
me dit qu'il fe la rappeloit très-bien,
& vint m'y conduire.

Je frappai à la porte & m'informai au
domeftique qui vint ouvrir fi Mifs Benfon étoit à la maifon. Mon cœur tres-
faillit de joie en entendant dire qu'oui.
Je demandai à la voir; & on m'introdui-
fit dans une falle où elle étoit feule, cir-

conftance qui me fit un plaifir infini.   En
m'appercevant elle marqua quelque furprife.

,, Hé! Monfieur, comment êtes - vous
venu ici?

,, Sur les aîles de l'amour.   Mais vous,
,, mon ange, dites - moi pourquoi je n'ai
,, point reçu des nouvelles de vous ?

,, Des nouvelles de moi! Mais, Mon-
,, fieur, difpenfez - moi, s'il vous plaît,
,, d'être de moitié dans vos folies.''

,, Bon Dieu ! Madame, avez - vous
,, oublié ? ....''

,, En voilà asfez, Monfieur, fur cet ar-
,, ticle: qu'il n'en foit plus queftion, je
,, vous prie.

Je tombai alors à fes pieds, & du ton
le plus pasfionné je lui dis: ,, permettez-
moi, Misf Benfon, de vous conjurer
de . . . . . .''   A cet inftant la porte s'ouvrit & je vis entrer un Monfieur fort
bien mis.   La pofture où j'étois l'étonna; & il ne disfimula point fa furprife.
Je me levai.

,, Misf Benfon, ,, repris - je,'' la pré-

,, fence de Monfieur ne doit pas vous
,, empêcher de m'affurer que vous êtes
,, dans le deffein d'exécuter au plutôt vo-
,, tre promeffe."

,, Quelle promeffe? Je ne vous en ai
,, jamais fait aucune."

,, Mais vraiment, Madame, peut-être
,, ne m'avez-vous pas promis de m'épou-
,, fer, & cela à Manchefter. Peut-être
,, ne m'y avez-vous pas envoyé dans cet-
,, te vue."

,, Vous époufer!" dit ce Monfieur d'un
air dont je ne fus pas dupe.

,, J'aurois cru, dit Misf Benfon, avec
,, un ris moqueur & piquant, que votre
,, voyage à Manchefter auroit rallenti vo-
,, tre amour."

,, Et penfiez-vous réellement vous
,, jouer de moi, me tourner en ridicu-
,, le, me méprifer enfin?"

,, Très-certainement: à quel titre auriez
,, vous efpéré un autre traitement?"

,, Ce que vous me dites là m'étonne,
,, on ne peut pas plus."

,, Quoi! vous avez été affez idiot pour

„ vous imaginer que vos *plans*, vos *fyfte-*
„ *mes*, vos *regles de conduite* pourroient
„ fervir à quelque autre chofe qu'à me
„ faire rire?

„ Voici fans doute celui pour qui vous
„ m'avez fi indignement trahi? je ne dou-
„ te point qu'il ne foit quelque jour vo-
„ tre dupe aufli bien que moi. C'eft
„ fans doute l'amant du jour.

„ Doucement, Monfieur; je fuis peu
„ difpofé à entendre un pareil langage :
„ fans être l'amant de Madame, je prens
„ intérêt à ce qui la regarde, & je ne
„ fouffrirai pas qu'on l'infulte.''

„ Vous prenez intérêt . . . vraiment, il
„ n'y a pas de doute que vous ne preniez
„ intérêt à elle; mais monfieur, tous les
„ torts de fon côté. Jamais perfonne n'a été
„ aufli vilainement trompé que je le fuis.''

„ Trompé ! . . . fi vous étiez ail-
„ leurs . . . . fortez de ma maifon tout -
„ à - l'heure.''

„ Je le veux, Monfieur; mais vous au-
„ rez de mes nouvelles.'' J'ai mis à ces
derniers mots autant d'expreffion que la

conjoncture me le permettoit, & j'ai quitté la maifon bien réfolu de forcer ce
nouvel amant à me rendre compte de l'indigne procédé de Misf Benfon.

Hé bien, Mafon, n'eft ce pas là un joli
tour que m'a joué cette abominable coquette.? Son artifice & fon impudence
n'ont point de bornes. Je ne croyois pas
qu'il fût poffible à une femme, à une
jeune perfonne, de former, encore moins
d'exécuter un projet auffi diabolique. En
vérité, je ferois tenté de renoncer abfolument au mariage & au Sexe, & d'adop-
ter un fyftême de vie tout nouveau. Misf
Benfon fait, ce me femble, un très-pau-
vre emploi de fon efprit, en prétendant
jeter du ridicule fur ce que je penfe d'u-
ne conduite raifonnée. J'avoue qu'elle
ne nous garantit pas abfolument de tous
les maux de la vie; mais elle nous pré-
ferve de plufieurs & nous apprend à fupporter le refte. C'eft maintenant que je
fens le grand avantage qui réfulte de cette conduite. Bien des gens, qui ne fe
donnent pas la peine de réfléchir, fe defef-

péreroient en voyant leur amour ainſi fruſtré ; bien différent d'eux, je ſaurai, avant qu'il ſoit peu, mettre à profit cette ſenſibilité trompeuſe, en adoptant un nouveau plan. L'expérience nous dit quand nous en devons changer, & il faut être fou pour perſiſter dans un ancien plan après s'être asſuré qu'il ne vaut rien, de même que de s'en faire un nouveau par la ſeule raiſon que l'ancien n'a pas réusſi. Il ne ſera pas aiſé de me faire voir le ridicule d'une idée qui m'aide ſi bien à ſupporter la catastrophe cruelle que je viens d'esſuyer.

Encore ne puis-je me former une juſte idée du caractere de Misſ Benſon. Quelle ſoit une coquette fieffée, c'eſt une choſe dont je ne puis douter après m'avoir joué comme elle a fait ; cependant je ne puis croire qu'elle ait abſolument perdu toute honte. Mais, encore une fois, que ſignifient ſes liaiſons avec ce nouvel adorateur, ce Melville.? Il eſt clair qu'elle change d'amans comme de ſouliers, ausſi facilement & avec ausſi peu de fouci ; mais il eft évident auffi que je lui fais une injuftice, en me difant fon amant, puisque je n'ai jamais été que l'objet de fes plaifanteries.

Adieu! Je fuis &c.

LETTRE X.

Mr. MELVILLE à Mr. FREDERIK

IL vient de fe paffer des chofes qui demandent un certain détail ; l'histoire en eft finguliere ; la voici :

Il y a deux jours qu'à mon retour d'une promenade en Pall-mall je trouvai dans ma falle Misf Benfon avec un homme d'une figure asfez finguliere, d'environ trente-cinq ans, qui, comme un fuppliant, étoit humblement prosterné devant elle. A ma vue il fe releva ausfitôt. Il lui fit des reproches dont je ne conçus pas bien le fens, s'emporta, l'ap-

pela coquette & m'apostropha moi - même
comme un amant de nouvelle date. Misf
Benson répondit à fes raifons & à fes inju-
res avec une fermeté & un efprit admi-
rables, & le chaffa enfin fans autres armes que celles de la plaifanterie. Mais
mon homme ne fe retira qu'àpres m'a-
voir notifié à demi - voix un cartel. J'en
eus un formel au bout de trois jours.
Nous nous rencontrâmes en *Green - parc.*
Heureufement, aprés avoir été légerement
blesfé au bras, je lui pasfai mon épée au
travers du corps; plus heureufement encore, dois - je ajouter, fans que la bles-
fure fût dangereufe. Le chirurgien chez
qui il fut ausfitôt porté, prononça qu'elle
ne pouvoit avoir des fuites funeftes.

Il y a du myftere dans cette affaire.
Mr. Fitzgerald, mon rival, m'a protes-
té, foi d'homme d'honneur, titre auquel
fa conduite dans tout ce qui s'eft pasfé
à cette occafion ne peut donner la plus
légere atteinte, que Misf Benfon, après
lui avoir permis pendant longtems de lui
faire fa cour en Susfex, en qualité d'a-

mant, lui avoit enfin fait une promesse
expresse de l'épouser, & même étoit con-
venue avec lui que la cérémonie se feroit à Manchester où elle avoit dessein
de se retirer pour éviter les persécutions
de sa famille qui vouloit la marier à un
autre." Elle n'a eu absolument aucun
égard à tout cela," a-t-il ajouté; „qu'on
„juge après cela si je suis autorisé à la
„qualifier de coquette." Voici une déclaration de la part d'un homme qui avoit
un pied dans la fosse, car nous étions
sur le point de dégainer. Cette affaire
sonne mal; je ne l'aime pas. Rien de
plus évident qu'il y a longtems qu'ils se
connoissent. D'où vient cette rupture
précisément à présent. Elle n'est sure-
ment pas une personne délaissée qui, comme vous dites, ne sait où donner de la tête.
Je suis fâché de n'avoir pas questionné
Fitzgerald sur cet article; mais cela ne
me vint pas alors dans l'esprit.

Il faut que je vous avoue, mon ami,
que je suis rempli de jalousie & de soup-
çons. Je n'ai jamais déclaré ma passion

à Misf Benfon, ni même rien dit qui y eût le moindre rapport ; cependant je prends autant d'intérêt à tout ce qui la regarde que fi je devois être fon mari la femaine prochaine. Peut-être les prétentions de cet amant éconduit font-elles abfurdes & extravagantes ; peut-être fes droits font-ils purement imaginaires. Si cela étoit, pourquoi blâmerois-je Misf Benfon de ce qui dans le fond ne peut-être imputé qu'à la folie de cet homme? Mais ce n'eft pas tout : voici une autre anecdote.

Mercredi dernier une jeune demoifelle, affez bien mife, vint demander Misf Benfon, qui dans ce moment étoit fortie avec ma fœur. Ayant été introduite dans la falle où j'étois, elle m'adresfa ainfi la parole.

„ Je fuis fâchée, Monfieur, que Ma-
„ dame ne foit pas à la maifon ; Les
„ obligations infinies que nous lui avons,
„ ma pauvre mere & moi, me font defi-
„ rer ardemment de me jeter aux pieds
„ de notre bienfaitrice.

Je m'apperçus dès ce prélude qu'elle
se trompoit en prenant Misf Benfon pour
ma femme; néanmoins l'envie de favoir
de quoi il s'agisfoit fit que je lui répon
dis en ces termes :

„ Je lui ai entendu raconter quelque cho
„ fe de cette affaire ; mais dites - m'en,
„ je vous prie Mademoifelle , toutes les
„ particularités ; je ne doute point que
„ je n'aie tout lieu d'être fatisfait de fa
„ conduite.”

„ Je vois, Monfieur , que notre bienfai-
„ trice a tenu fecret fon noble procédé à no-
„ tre égard; mais il fait trop d'honneur
„ à l'humanité pour refter caché.”

„ Si vous voulez bien commencer,
„ Mademoifelle , j'aurai un grand plaifir
„ de vous entendre.

„ Ma mere eft veuve d'un Officier,
„ fans bien ni protection, & chargée de
„ mon entretien. Mon pauvre pere, qui
„ avoit fervi trente ans, ne put jamais
„ parvenir qu'au grade de lieutenant, &
„ malgré une grande économie , laisfa
„ des dettes à ma mere. Les créanciers

„ la firent arrêter quelque tems après
„ la mort de son mari & traîner en
„ prison. J'obtins la permission de m'y
„ renfermer avec elle afin de partager
„ ses peines & la secourir : mon
„ travail servoit à nous procurer le pur
„ nécessaire. Je passai ainsi quelques
„ mois, témoin des vertus de ma mere,
„ de ses souffrances & de sa résignation.
„ Notre geolier vint un matin nous an-
„ noncer que nous étions libres, que les
„ dettes de ma mere avoient été payées
„ par un brave homme qui, par un au-
„ tre trait de générosité, l'avoit chargé
„ de nous remettre une bourse de guinées,
„ pour rendre désormais notre sort plus
„ doux. Surprises de cette nouvelle in-
„ attendue, nous demandâmes avec em-
„ pressement quel étoit le mortel géné-
„ reux à qui nous étions si redevables.
„ Il nous donna l'adresse d'un Monsieur
„ très-opulent qui demeure en Grosve-
„ nor-square. Tandis que ma mere nous
„ cherchoit un logement d'un bas prix,
„ j'allai à la maison de notre bienfaiteur.

„ pour lui faire nos humbles remercimens.
„ Je fus dans la derniere furprife , lors-
„ qu'entrant dans la chambre où il étoit
„ feul, je reconnus Sir George Milbour-
„ ne. Ce baronnet m'ayant vue par ha-
„ zard chez une marchande · de modes
„ où je portois quelque ouvrage (mon
„ pere vivoit alors) m'avoit fans aucune
„ cérémonie fait les propofitions les plus
„ révoltantes : indignée de ce qu'il me
„ croyoit capable d'une telle basfesfe , j'a-
„ vois réjeté fes offres avec une fierté &
„ une aigreur qui ne convenoient peut -
„ être pas à mon humble fituation. Il
„ en avoit été piqué, & la marchande
„ m'avoit menacée de ne plus me don-
„ ner d'ouvrage.

„ Cette derniere circonftance fit que je
„ fouffris quelque tems fes vifites ; mais
„ comme il vit que j'étois inébranlable,
„ il fe retira , & je me crus quite de
„ fes pourfuites. Mon pere mourut peu
„ après, & nous laisfa, comme je vous
„ ai dit, à la merci de plufieurs créan-
„ ciers.

„ Eh ! Mademoiſelle, dit-il, en feignant
„ d'être étonné de me voir, qu'est ce qui
„ me procure le plaiſir de vous avoir chez
„ moi ?"

„ Je ſuis venue, lui dis-je, Sir Geor-
„ ge, pour vous remercier, tant au nom
„ de ma mere qu'au mien, de la bonté
„ que vous avez eue de nous retirer de
„ priſon."

„ J'ai agi de la meilleure foi du monde
„ dans toute cette affaire, répliqua-t-il.
„ Trouvez bon que je vous diſe ſans dé-
„ tour que je vous aime, & que cette action
„ qui vous ſemble ſi généreuſe, est uni-
„ quement l'effet de mon amour pour vous.
„ Je ne vous crois pas aſſez ſotte pour
„ ne pas entrer dans les vues d'une hom-
„ me qui est en état de vous procurer
„ ainſi qu'à votre mere toutes les aiſes de
„ la vie."

„ Comme je ſuis venue ſimplement pour
„ vous faire mes très-humbles et très-
„ ſinceres remercimens de vos bontés, je
„ ne m'attendois pas, Monſieur, à votre

Partie I. G

„propofition; je vous prie de me difpen-
„fer d'y répondre."

„Je ne puis, ma chere, répliqua-t-il;
„il faut que vous confentiez dans ce mo-
„ment à me rendre heureux; auffitôt les
„richeffes fondront en abondance fur vo-
„tre mere & fur vous, & vous vivrez
„l'une & l'autre dans l'indépendance."

„En difant ceci il voulut prendre quel-
„ques libertés qui m' offenferent. Ce lâ-
„che procédé me rendant furieufe je lui
„parlai avec une vivacité qui excita fon
„courroux."

„Oh! oh! je crois que vous voulez en-
„core faire la cruelle! Hé! ne favez-
„vous pas que votre fort & celui de votre
„mere dépendent de moi, que je n'ai qu'à
„dire un mot pour vous faire rentrer l'une
„& l'autre en prifon?"

„N'importe.... Vous auriez vingt pri-
„fons en votre puiffance que vous n'ob-
„tiendriez pas de moi la plus légere com-
„plaifance de ce côté-là. Ma mere dé-
„testeroit des fecours qu'il faudroit payer
„de mon honneur."

„De votre honneur ! mais vraiment c'est
„quelque chofe de bien beau que l'hon-
„neur d'une fille qui meurt de faim. Ne
„foyez pas fi ridicule, croyez-moi : con-
„fentez de bonne grace ; évitez la prifon,
„& voici une bourfe de guinées pour com-
„mencer votre ménage.

„Enfin, outré du dédain avec lequel je
„rejetois fes offres, il me pouffa hors de
„la falle. Le lendemain j'allai demander
„de l'ouvrage chez Me. L, marchande
„de modes. Cette femme eut l'effronte-
„rie de me reprocher et même avec aigreur,
„en préfence de deux ou trois dames, d'a-
„voir refufé les offres du Baronnet, ajou-
„tant que nous ne tarderions pas, ma me-
„re et moi, à être de nouveau mifes en
„prifon, et me recommanda de penfer
„mûrement là-deffus. Je quittai fa bou-
„tique avec indignation; mais Sir George
„tint parole; nous fûmes arrêtées à fa re-
„quête & remifes dans notre ancienne pri-
„fon. Ma pauvre mere fentit toute la for-
„ce du coup. Sa fanté déclinoit; elle ne
„me regardoit qu'avec des yeux inquiets

,, et noyés de larmes ; j'étois le plus ten-
,, dre objet de fon amour, et rien ne lui
,, étoit plus précieux que mon innocence.
,, Notre changement de créancier, d'un
,, marchand à Sir George, la rempliffoit
,, d'appréhenfions pour moi, malgré tout
,, ce que je lui difois pour la tranquillifer
,, là - desfus. D'un autre côté je ne la
,, voyois fuccomber fous le poids de l'af-
,, fliction & de la mifere qu'avec des
,, déchiremens affreux & continuels ; j'é-
,, tois moi-même fur le point de fuccom-
,, ber à mes peines, quand le geolier,
,, huit jours après notre fecond emprifon-
,, nement, nous annonça encore une fois
,, que nous étions libres & nous condui-
,, fit à un carrosfe de louage. On avoit
,, indiqué au cocher où il devoit nous
,, mener. Ma mere étoit fort inquiete &
,, trembloit de rencontrer encore Sir Geor-
,, ge; mais notre voiture prit le chemin
,, d'Iflington, & le cocher nous ayant me-
,, né à une maifon dans un fort joli quar-
,, tier de la ville, nous y descendîmes.
,, La maîtresfe du logis, qui est une bon-

„ne vieille, nous montra un appartement,
„petit à la vérité, mais fort propre, &
„nous dit que c'étoit le nôtre. Ma mere
„lui demanda auffitôt à quel deffein Sir
„George avoit fait ceci. Oh! je vous en-
„tens, répondit la femme; foyez tranquil-
„le; vous n'avez rien à démêler avec Sir
„George; ce n'est pas lui qui vous a fait
„fortir de prifon, mais une bonne dame
„qui a payé toutes vos dettes & s'est ar-
„rangée avec moi pour votre logement."

„Un tel acte de générofité de la part
„d'une perfonne à qui nous étions entié-
„rement inconnues, nous caufa une fi gran-
„de furprife que nous fûmes quelque tems
„fans pouvoir proférer un feul mot. Nous
„accablâmes enfuite de questions la bon-
„ne vieille touchant notre bienfaitrice.
„Elle nous raconta que cette charitable
„dame, étant une de celles devant qui la
„marchande m'avoit blâmée d'avoir rejeté
„les offres de Sir George, avoit ainfi
„acquis quelque connoifance de nos affai-
„res, qu'elle s'étoit enfuite informée qui
„étoit notre créancier & pour quelle fomme

G 3

„ nous étions détenues en prison ; qu'ayant
„ su que nous devions à Sir George Milbour-
„ ne environ soixante-dix guinées , elle les
„ lui avoit aussitôt envoyées, lui deman-
„ dant une quittance & une décharge en
„ forme, & ce, sans lui faire savoir à qui
„ nous étions redevables de ce bienfait ;
„ que les incertitudes, les refus, les en-
„ quêtes de la part de Sir Milbourne
„ avoient duré trois ou quatre jours ;
„ mais qu'ayant été sommé juridiquement
„ il avoit enfin donné notre décharge de
„ mauvaise grace, & sans même dissimuler
„ son chagrin de se voir arracher une proie
„ qu'il croyoit ne pouvoir lui échapper.
„ Cette femme nous dit encore que notre
„ bienfaitrice s'étant informée où elle pour-
„ roit trouver un logement pour nous dans
„ le voisinage de Londres, & que sa mai-
„ son lui ayant été indiquée , elle étoit
„ aussitôt venue chez elle & avoit fait
„ marché pour un appartement, & tout ce
„ d'ailleurs dont nous pourrions avoir be-
„ soin. Nous brûlions de savoir où étoit
„ notre respectable protectrice , afin de

„courir lui embrasfer les genoux & lui
„témoigner notre gratitude; mais notre
„hôtesfe nous dit que tout ce qu'elle fa-
„voit d'elle, c'est qu'elle fe nommoit
„Benfon & qu'elle venoit de Germyn-
„ftreet; au furplus, ajouta-t-elle, cette
„dame doit vous venir voir. Plufieurs
„jours s'étant écoulés fans que nous ayions
„eu ce bonheur, je n'ai pu réfifter plus
„long-tems aux mouvemens de recon-
„noisfance qui font dûs à une action fi
„noble & je fuis venue chercher notre
„bienfaitrice. Croyez-vous, Monfieur,
„que Madame viendra bientôt?”

„Mademoifelle, cette dame n'est point
„ma femme, ni même ma parente, mais
„une amie de ma fœur: je l'attens à cha-
„que minute. Ce que vous venez de me
„raconter est affurément fort touchant.
„Elle a une grande ame; on ne fauroit fe
„dispenfer de l'admirer. Je vous ai trom-
„pée quand je vous ai dit que je favois
„quelque chofe de cette affaire; je n'en
„favois abfolument rien, quoiqu'il y ait
„quelque tems qu'elle est dans ma mai-

G 4

„ſon; je vous ai fait ce leger menſonge
„afin de ſavoir ce nouveau trait de bien-
„faiſance. Vous ſentez comme moi que
„le ſoin de tenir ſecrette une telle action
„est la marque la plus demonſtrative de
„la bonté d'un cœur qui ſouffre du mal-
„heur d'autrui, et du ſentiment ſublime
„d'une ame bienfaiſante qui s'empreſſe de
„tendre une main ſecourable aux malheu-
„reux."

Comme je finiſſois ces mots la porte
s'est ouverte & Miſſ Benſon a paru.
Est-ce là notre bienfaitrice, a dit la fille
de l'officier? Un reſpect muet qui tenoit
de l'adoration a été d'abord le ſeul hom-
mage qu'elle lui a rendu dans ſon extaſe;
ſe jetant enſuite à ſes pieds, elle a fondu
en larmes ſans pouvoir encore prononcer
un mot; s'étant enfin remiſe, elle a entamé un discours où elle s'est répandue en
remercimens et en proteſtations d'une re-
connoiſſance éternelle. Miſſ Benſon, qui
jusqu'à ce moment ne l'avoit pas reconnue,
a vu alors de quoi il s'agiſſoit, et a inter-
rompu ſa harangue en la priant inſtamment

de ne plus parler de cette affaire. „ J'ai
„un petit confeil à donner à votre mere,
„a-t-elle ajouté ; j'irai en conféquence
„vous voir bientôt.'' Misf Sampher, c'est
le nom de la demoifelle, a compris parfaitement ce que cela fignifioit, & faifant une
profonde révérence s'est retirée.

Je m'avifai de railler un peu Misf Benfon de ce qu'elle nous avoit fait un fecret
de cette affaire, lui difant que Misf Sampher m'avoit tout raconté. „ Je crois,
„lui dis-je, Madame, que vous cachez
„au monde le côté le plus éclatant de vo-
„tre caractere ; vous craignez qu'il ne
„faffe qu'éblouir les yeux de ceux qui ne
„fauroient jamais concevoir & encore
„moins faire de telles actions. Ceux qui
„s'avifent de méprifer votre fexe, de-
„vroient confidérer l'éclat du vôtre...''
„ Je penfe, me répondit-elle, fans me
„donner le tems de finir, que vous avez
„plus de fujet de rougir du vôtre que
„de me complimenter fur le mien.'' Après
ces mots elle fortit.

Dis-moi maintenant, mon ami, s'il est

G 5

possible de voir journellement une femme
capable d'actions si généreuses, une femme belle comme l'étoile du matin, une
femme qui, dans chaque sentiment, chaque
idée, chaque mot, montre un génie su-
blime ; dis moi comment l'on peut voir
tout cela & ne pas aimer cette femme
à la folie ? Quelle action elle vient de
faire en faveur de ces deux infortunées !
quelle grandeur d'ame ! quelle modestie !
La somme qu'elle débourse pour leur élar-
gissement est considérable ; cependant elle ne s'en tient pas là, elle se charge encore d'une grosse dépense pour les loger
& les faire vivre. Non, je ne saurois dire combien cette action me touche.

Avant cela je savois déjà qu'elle avoit
un esprit au-dessus de tout éloge.
Différentes conversations que j'ai eues
avec elles sur les matieres les plus sérieu-
ses ne me permettent pas de douter que
ses idées embrassent les objets les plus
vastes. Elles ont ce caractere distinctif,
cet éclat merveilleux qui éclaire l'esprit
& charme le cœur & dont selon toute ap-

parence on n'avoit point eu d'exemple
avant elle. Ses diftinctions font fubtiles
& montrent une clarté étonnante dans fes
idées. Je n'ai jamais connu perfonne qui
méritât, comme elle, le nom d'esprit cul-
tivé. Le fien est un compofé de politeſſe, de goût & de connoiſſances en tout
genre. En un mot, mon ami, elle me
paroît approcher de fi près de ce que nous
entendons par le mot de perfection, je la
vois dans chaque inftant de fa vie tellement exceller au-deſſus de tout ce que je
connois, que je penferois plutôt à chaſſer
Jupiter, qu'à déclarer mon amour à cette
femme incomparable. Je fuis faifi d'une
telle crainte quand j'y penfe, que je ne
puis articuler un mot qui y ait du rapport.
Je fens que je n'aurai jamais la force de
m'expliquer fur cet article. Depuis quelque tems elle ne parle plus de fon voyage
dans le Huntingdonshire, ce qui me fait
croire qu'elle y a renoncé. Elle donne
maintenant une partie de fon tems à fes livres & le reste aux oùvriers & aux marchands qui doivent réparer & meubler

fa maifon , afin de presfer leurs opérations.

Bob, le plus jeune de mes freres, est à Londres depuis quelques jours , il y avoit longtems que je ne l'avois vu. Il est jeune & fans
expérience ; mais, fi je puis lui obtenir
quelque emploi à l'armée , j'espere qu'il
fera en peu un homme aimable. Le Lord
C —— m'a promis de le faire Porte - enfeigne , mais j'y compte peu ; le jeune
homme est fans fortune , & je crains
qu'on n'en mette le brevet à un trop haut
prix pour que je puisfe l'acheter. Je
l'enverrai rendre fes devoirs au Lord
C —— ; c'est par-là , ce me femble,
qu'il convient de débuter dans cette affaire. Donnez - moi de vos nouvelles,
mon ami , auffitôt que vous eu aurez le
loifir.

RICHARD MELVILLE,

LETTRE XI.

Sir PHILIPPE EGERTON *au* LORD
WILLIAM W. ——

En vérité, Milord, vous avez bien
mauvaife grace de ne pas entrer dans les
vues de votre pere. Ladi Henriette est
d'une figure intéresfante & d'un excellent
caractere. En l'époufant vous uniriez
deux terres dont la contiguité ajouteroit
infiniment à la valeur de l'une & de l'autre. Comme ancien ami, j'ai droit de
vous dire ce que je penfe, & je vais lefai-
re: Vous ne rejetez un plan dont il doit
naturellement réfulter un grand bien, que
parce que la Signora Zaffini ou Misf
Benfon confervent encore leur empire fur
votre cœur. Pendant mon féjour en Italie
je vous ai toujours dit que vos liaifons
avec ces dames étoient une énigme pour
moi, & que je ne pouvois pas concevoir

ce que fignifioit votre conduite à l'égard
de l'une & de l'autre. Je crois, Milord,
que vous feriez embarrasfé vous-même
pour en rendre raifon. Je ne fais après
tout fi vous aimiez réellement la Signora
Zaffini. D'où vient donc avez-vous aban-
donné Misf Benfon tandis que vous l'aimiez
éperdument ? d'où vient que vous vous
êtes couvert d'opprobre à fes yeux, tandis qu'il n'eft perfonne au monde dont
l'honneur foit plus intaĉt que le vôtre?
d'où vient qu'avec le courage d'un lion
vous vous êtes comporté comme un lâche?
En un mot, Milord, malgré toutes vos
lettres & les longs détails où vous en-
trez, il faut que je vous avoue que je
fuis encore dans les ténebres fur tous ces
articles. La conduite du Duc est fage &
conféquente; la vôtre, au contraire, est
l'inconféquence même ; ou déférez à ce
qu'il vous propofe, ou appuyez votre refus de raifons qui puisfent lever nos doutes. Ma foi, Milord, vous avez mauvaife grace de dédaigner un contraĉt de

cinq mille livres fterlings de revenu annuel que vous offre votre pere, avec plus
de fix mille dont vous entreriez en poffeffion en epoufant Ladi Henriette.

Je fuis &c.

PHILIPPE EGERTON.

LETTRE XII.

LORD WILLIAM W — à SIR PHILIPPE EGERTON.

M o n cher ami, les reproches que vous
me faites dans votre derniere font très-
juftes, & votre furprife ne l'est pas moins.
Je fais volontiers l'aveu que ma conduite a été équivoque & que je fuis maintenant dans un état d'incertitude qui doit
faire juger mes actions inconféquentes.
Mais je ne fuis pas fi méprifable qu'on a
eu lieu de me croire. Différentes circon-

ſtances de ma vie qui jusqu'à ce moment
ont paru miſtérieuſes, vous ont fait mal
juger de moi, parce qu'elles ne vous
étoient pas aſſez connues. Vous ne me
reprocherez pas d'avantage d'avoir quelque choſe de caché pour vous. Je vais
vous donner une explication qui ſuffira, j'eſ-
pere, pour vous faire voir clair dans mon
affaire.

Ce fut à Parme que je fus introduit pour
la premiere fois chez le Marquis de la
Mina & que je fis connoiſſance avec la
Signora Zaffini, ſa niece, ou pour mieux
dire, qu'elle fit connoiſſance avec moi.
Je crois vous avoir décrit ſon caractere
plus d'une fois. Ses manieres étoient in-
ſinuantes; elle avoit une converſation facile & enjouée, un eſprit vif & aſſez de
beauté pour rehauſſer & varier ces différens agrémens. Il n'est guere poſſible
qu'un jeune homme de vingt-trois ans ne
réponde pas à des avances qu'il n'entend
que trop bien! En un mot, je liai une
intrigue avec la Signora qui dura quelques
mois

mois fans aucune inquiétude de la part
de ceux qui avoient le plus d'intérêt de
veiller à fa conduite. Une adreffe infinie,
une invention inépuifable pour multiplier
& prolonger les resfources du fecret, firent que nous ne fûmes pas même foupçon-
nés. Quant à mon cœur, il étoit à cette
époque dans une pauvre fituation. J'a-
vois pour ma maîtresfe un attachement qui
resfembloit à l'amour, mais qui ne l'étoit
pas; encore le fentois - je à chaque inftant
prêt à s'eteindre, malgré tous mes efforts pour le conferver. Si donc vous
avez foupçonné qu'il me reftât quelque
goût pour elle, dépofez tout doute à cet
égard; je la quittai fans regret, & vrai-
femblablement elle n'eût pas tardé à m'oublier.

Mais je fis à Florence la rencontre d'u-
ne beauté infiniment plus digne de mon
attention. Je parle de Misf Benfon : elle
voyageoit en Italie avec fon oncle, gentilhomme Anglois, extrêmement riche,
qui avoit fa famille avec lui. C'étoit un

Partie. I.   H

homme d'une probité rare, d'un efprit fupé-
rieur, & plein de fentimens d'honneur. La
niece avoit toutes ces qualités & mille fois
plus. Je n'ai jamais rien entendu, rien vu
parmi le fexe, qui lui fût comparable. Les
portraits même des plus habiles roman-
ciers font au - desfous d'elle. Tous les
charmes fe trouvoient réunis en elle. Sa
converfation étoit fi variée, fi inftructive,
que je ne pouvois l'entendre qu'avec intérêt, qu'avec fruit. Je l'aimai; mon a-
mour pour elle ne cesfera jamais, lors même qu'on m'offriroit le choix parmi dix
mille autres beautés; tout le reste du fexe n'eft à mes yeux que comme ces tableaux & ces ftatues qui, fans vie, fans
vérité, font incapables de fixer un moment
notre attention, de façon que je ne penfe
qu'à Misf Benfon. Voilà ce qui m'empêche d'entrer dans les vues de mon pere.
Je ne fais, ni n'ai aucun moyen pour favoir fi elle est vivante ou morte, libre ou
mariée: vous jugez combien cette incertitude est cruelle; mais venons aux particularités de cette affaire.

Mr. Mellish, fon oncle, peu après que
mes vifites eurent commencé à devenir
fréquentes, écriv t à mon pere pour l'informer que je fréquentois fa maifon, &
fur quel pied j'y paroisfois. C'étoit là le
procédé d'un galant homme. Je n'ai
point fu quelle réponfe il reçut; mais j'eus
peu après une lettre de mon pere, où,
dans fon ftyle négligé; il me donnoit quelques bons avis. Je conclus qu'il regardoit cette affaire d'un œil tout-à-fait indifférent. Telles furent les difpofitions de
mon pere jufqu'à ce que la mort du Lord
H — mit fon heritiere en posfesfion de la
terre dont vous parlez. De ce moment il
changea de ton, & depuis il n'a cesfé de me
recommander de penfer à Ladi Henriette.

Je réusfirois peu à vous peindre le bonheur dont je jouis durant mon féjour à
Florence. J'avois journellement la converfation de Misf Benfon ; mon amour
pour elle étoit au fuprême degré: ce qui
me plaifoit furtout, c'est que ma raifon
étoit d'accord avec mon cœur. Beaucoup

de seigneurs forment de pareilles liaisons ;
mais ils ont honte de leur bonheur ; mais
l'idée qu'ils s'abaissent empoisonne leurs
jouissances ; mais ils sont humiliés en pen-
sant aux manieres peu recherchées tant de
leurs maîtresses que de ceux à qui elles ap-
partiennent, & dans leur façon de penser
c'est s'avilir. De pareilles idées sont dé-
chirantes pour une ame sensible au milieu
même du bonheur ; je n'étois point dans
le cas de les avoir. Misf Benson sort d'u-
ne ancienne & respectable famille, ainsi
que son oncle ; tous sont riches par leur
patrimoine & ne sont point des parvenus
du jour. Mr. Mellish avoit des manieres,
une conversation, des talens dont on se
glorifieroit dans toutes les cours de l'Europe. Misf Benson, élevée sous ses yeux,
étoit la femme la plus accomplie de son
siecle. Quel avantage encore pour elle
d'avoir vu chez son oncle tant en France
qu'en Italie les sociétés les plus choisies !
Non, il n'y avoit point à Florence d'assem-
blées plus polies que celles qui se tenoient
chez Mr. Mellish.

Dès le premier inftant que je vis Misf Benfon, toute différence entre fon rang & celui que je dois avoir un jour, disparut à mes yeux. Ses fentimens, fes manieres, fon air, chaque mot, chaque coup d'œil, tout me convainquit qu'elle étoit digne d'un prince & qu'elle ne dépareareroit pas un trône; car fes vertus & fes charmes feroient rejaillir plus d'éclat fur les rangs les plus élevés, que les rangs les plus élevés n'en feroient rejaillir fur elle. En vérité, je resfentois trop l'avantage d'être admis tous les jours dans la maifon de Mr. Mellish pour ne la pas révérer autant que je l'aimois. C'étoit dans la converfation de l'oncle & de la niece que j'acquérois de véritables lumieres, que le cercle de mes idées s'étendoit, que je prenois des leçons d'une politesfe noble & aifée; un feul entretien avec l'un ou l'autre m'inftruifoit plus que n'avoit fait la longue, pénible & infructueufe éducation qu'on m'avoit donnée, & qui m'avoit laisfé fi fort au-desfous de la charmante Julie. En un

mot, mon ami, j'étois dans une situation
qui ne pouvoit que m'enchanter, & dans
laquelle je devois resfentir tout les feux de
l'amour. Dès que je m'apperçus que je
n'étois pas indifférent à Misf Benfon, je
déclarai ouvertement à Mr. Mellish que
je me regarderois comme le plus heureux
des mortels fi j'avois le bonheur de plaire
à fa niece, d'autant plus que je lui ferois
ma cour, asfuré de l'agrément de mon pere.
Je declarai enfuite à Misf Benfon les fentimens qu'elle m'avoit infpirés. Sa réponfe me ravit, quoique couverte d'un voile
de modeftie & de dignité qui me laisfoit
quelque chofe à deviner. Jamais perfonne n'a joui d'un plaifir plus grand & en
même tems plus raifonnable; mais, mon
cher Philippe, une main cruelle travailloit fourdement à le détruire.

Je ne pus me dispenfer d'aller à Rome
pour une dixaine de jours, pour rendre
fervice au jeune Egmond qui, par étour-
derie, s'étoit fait une mauvaife affaire. Je
fis mes adieux à Mr. Mellish & à fa char-

mante niece , leur promettant que je re-
viendrois au tems prefcrit. De malheureux
événemens me firent prolonger mon féjour jusqu'à la quinzaine ; mais j'eus foin
d'en écrire la raifon à Misf Benfon. Comme je retournois à Florence , je fus as-
failli par trois bandits au moment que
j'entrois dans la forêt d'Ardi ; c'étoit à la
pointe du jour : je n'avois avec moi que
Jacques, encore étoit-il fans armes. Pour
ce qui est des postillons, dès la premiere
attaque ils descendirent de leurs chevaux
& fe mirent à fuir. Ces trois coquins qui
en vouloient plus à ma vie qu'à ma bourfe, firent feu en même tems fur moi ; mais
heureufement je ne fus atteint que d'une
balle qui m'effleura le bras gauche. Je
déchargeai dans ce moment un de mes
piftolets fur celui de ces bandits qui étoit
le plus proche de moi, & lui fis mordre
la poufiere ; dans le même inftant une autre balle me blesfa à la hanche ; mais ,
comme j'allois tirer mon autre piftolet ,
les deux fcélérats prirent la fuite ; Jac-

H 4

ques voulut courir après eux; je l'en em-
pêchai. Je lui fis fouiller les poches de
l'homme mort où il ne trouva rien qui
méritât mon attention que ce billet:

„Ardella, je vous envoie dix piftoles;
„je vous en promets cinquante autres fi
„vous ne manquez pas votre coup, &
„vous pouvez compter que je vous procu-
„rerai un emploi avantageux.

Je fus frappé de furprife & de terreur en
voyant l'écriture de Zaffini. Il me vint
ausfitôt dans l'efprit, qu'elle avoit voulu
me faire asfasfiner pour fe venger de ce
que je l'avois abandonnée.

Jacques monta fur un des chevaux &
me mena fans autre accident à Ardi. On
y panfa mes plaies, &, dès que fus
guéri, je me hâtai de me rendre à Florence. Je ne trouvai perfonne à la maifon de Mr. Mellish. Les voifins me dirent qu'il étoit parti pour Venife, pour
des raifons dont on ne pouvoit me rendre

un fidèle compte. On me raconta aussi des choses qui me regardoient personnellement, savoir que Mr. Mellish m'avoit poursuivi jusqu'à Turin pour me forcer de me battre, à cause de quelque injure que j'avois faite à une dame qui l'accompagnoit. Tout cela, comme vous jugez bien, me causa bien de l'inquiétude & me jeta dans une étrange perplexité. Je voyois bien d'où le coup venoit & que le tout devoit être attribué à la vile & vindicative Zaffini; mais comment le découvrir? Je n'en avois aucun moyen. Il étoit évident que Mr. Mellish & Misf Benson n'avoient quitté si précipitamment Florence, que parce que cette indigne femme avoit trouvé moyen de me noircir à leurs yeux. J'ordonnai qu'on me fît venir une chaise de poste pour me rendre immédiatement à Venise afin de m'éclaircir d'une affaire si étrange; mais mon inattention à des blessures que je croyois sans conséquence, la grande fatigue & mon extrême inquiétude m'avoient mis en tel état, que

mon chirurgien, au lieu de me laisser partir, comme je le voulois, me fit mettre
au lit, m'asſurant que, dans la ſituation
où j'étois, le voyage que je projetois me
ſeroit mortel.   Je pris donc le parti de
dépêcher Jacques à Veniſe avec des lettres pour Mr. Mellish & Misſ Benſon,
& des ordres exprès de faire tous ſes efforts pour voir l'un & l'autre.   Mais il fut
chaſſé de leur maiſon avec les propos les
plus offenſans ; les domeſtiques même me-
nacerent d'attenter à mes jours s'ils me
rencontroient quelque part, & me quali-
fierent, je ne ſais pourquoi, de lâche &
de vilain.

Pendant l'abſence de Jacques j'eus des
accès de fievre ſi violens qu'ils firent craindre pour mes jours.   La chaleur de la
ſaiſon s'uniſſant à la malignité de la fievre,
mon état empira de façon que les méde-
cins declarerent qu'avant un mois je ſerois
rayé du nombre des vivans.   J'eus trois
rechutes, toutes plus alarmantes l'une que
l'autre ; en un mot, je tins la chambre

dix - sept semaines, au bout desquelles je
sortis pour respirer l'air & prendre un peu
d'exercice, pouvant à peine me soutenir,
tant j'étois foible. On me conseilla d'aller faire quelque séjour sur les montagnes
de Jerni, où l'on espéroit que l'air, & le
lait de chevre dont on m'ordonna l'usage,
me feroient du bien. J'essayai de ce remede pendant deux mois; je m'en trouvai
bien, quoique toujours foible & languis-
sant. Pendant ma maladie Jacques fit quelques découvertes fort importantes; il
m'informa qu'il avoit entendu dire que j'a-
vois eu une querelle très - sérieuse avec
Mr. Mellish, à la suite de laquelle il m'a-
voit envoyé un cartel auquel je n'avois
point répondu; qu'au contraire j'avois
pris la fuite; qu'il m'avoit poursuivi à travers toute l'Italie jusqu'à Turin; que cette lâcheté me faisoit regarder de tout le
monde comme un poltron: il me raconta
encore beaucoup d'autres choses relatives
à ceci, qui toutes me causerent la plus
grande surprise. Tout cela est l'effet de

quelque maudite invention de Zaffini; la
chofe eft fure; je ne puis concevoir quel
ftratagême elle a employé pour cela: mais
je fens trop que ce diable incarné a fait
fuir pour jamais la paix de mon cœur.

Après quelques mois de convalescence,
pafés dans différens cantons de l'Italie &
au midi de la France, je me trouvai asfez
fort pour aller à la recherche de la charmante femme qui étoit l'idole de mon ame.
J'allai à Venife, enfuite a Munick, à
Vienne, à Dresde, à Berlin &c. J'eus
de fes nouvelles dans toutes ces places;
mais elle les avoit toutes quittées longtems avant que j'y arrivasfe : enfin l'on
me dit que Mr. Mellish étoit retourné en
Angleterre. Je pris le parti ausfitôt de
m'embarquer à Calais pour m'y rendre ausfi. Après quelque tems pafé à Londres
à prendre des informations, j'appris que
Mr. Mellish étoit mort, nouvelle qui
m'affligea extrêmement, mais je ne pus rien
favoir de Misf Benfon. J'expofai la chofe à mon pere avec toute la droiture & la

franchife posfibles, & j'eus la fatisfaction
de voir qu'il m'écoutoit comme un bon &
judicieux parent.   Il crut fans difficulté
tout ce que je lui racontai de Misf Benfon
& de fon oncle, que loin de s'oppofer
à mes defirs, fi je pouvois obtenir la main
d'une femme fi accomplie & qui avoit tant
d'empire fur mon cœur, il feroit enchanté de cette union, „mais il faut qu'elle foit
morte" ajoute - t - il, „fans quoi vous
„en auriez eu des nouvelles; faites votre
„posfible pour favoir ce qu'elle eft de-
„venue, &, fi elle eft vivante & libre
„comme vous l'avez laisfée, foyez fûr
„que je ne mettrai jamais d'obftacle à vo-
„tre bonheur."

J'avois obfervé plufieurs fois qu'il eft
rare que ceux qui ont fait quelque féjour
à Paris, ce centre de la politesfe & de
l'élégance, ne foient tentés d'y retourner;
je jugeai que Julie pourroit y être: dans
cette idée je quittai l'Angleterre & me
rendis à Paris.   Je ne l'y trouvai point;
mais, après quelques mois de réfidence

dans cette ville, j'appris que Misf Benfon,
étant à la cour de Munich, avoit été fian-
cée avec le Prince de Furftenberg. Cette nouvelle me furprit d'autant plus que
j'avois été à Munich depuis qu'elle en
étoit partie & que je n'en avois rien ouï
dire ; cependant la chofe me fut confir-
mée par d'autres perfonnes qui, bien plus,
me dirent qu'elle étoit mariée. Je voulus m'en asfurer & en conféquence je partis tout de fuite pour Munich. A mon arrivée dans cette ville j'appris qu'il n'y
avoit presque rien de vrai dans tout ce
que l'on m'avoit dit. Le Prince de Furftenberg lui avoit à la vérité offert fa main,
mais elle l'avoit refufée. Ceci me fit un
plaifir infini, quoique j'efpérasfe peu que
ce fût un avantage pour moi dans la fuite.

Ma fituation n'a pas changé du tout depuis ce tems; j'ignore abfolument quel eft
le fort de celle que j'adore. Mon pere,
préfumant qu'elle eft morte ou mariée,
me presfe d'époufer Ladi Henriette; mais
jamais je ne ferai le mari que de Misf

Benhſon; ſes qualités éclipſent tellement
celles de toutes les autres femmes, que ce
ſeroit le comble de la folie de ma part de
ſonger à une autre après l'avoir aimée. Ce
qui jette l'épouvante dans mon ame, &
me rend le plus malheureux des hommes,
c'eſt la crainte de ſa mort. J'avoue que
je crains les artifices de la déteſtable Zaffini. Ah! ſi elle lui avoit tendu quelque
piege & que ſa rage ſe fût tournée contre
cette innocente victime, c'eſt alors que
mon malheur ſeroit au comble.

Voici, mon cher ami, l'état de mes affai-
& celui de mon cœur. Je penſe vous
avoir développé entierement les miſteres
qui vous ont fait ſuppoſer de la contradic-
tion dans ma conduite. Je ne ſais pas moi-
même quels moyens a employé Zaffini
pour parvenir à ſon but & par conſéquent
je ne ſaurais vous en rendre compte: mais
ce que je puis vous dire avec certitude,
c'eſt que la bleſſure qu'a reçu mon cœur
à la perte de Miſſ Benſon, ſaigne encore;
car ſi jamais perſonne s'eſt vu précipité du

faîte du bonheur dans le gouffre le plus
profond de l'infortune, c'est sûrement moi.
Chaque moment d'absence augmente la
passion indomptable qui devore mon cœur;
l'image de cette femme étonnante me
suit partout & en tout tems; gravée profondément dans mon ame, rien au monde
ne l'en sauroit effacer. Tous les plaisirs
me sont insipides; toute société me déplait; le soleil est sans éclat à mes yeux.
J'ai demeuré quelque tems sur la route
de Paris à Londres; j'ai fait plusieurs
tours à Munich, à Vienne à Florence. Je contemple avec une espèce de
ravissement la maison où mes plaisirs
étoient autrefois tous réunis; je vais
l'acheter, quoiqu'à un prix exorbitant,
afin que tous les instans de ma vie soient
consacrés à celle qui j'adore. C'est dans
cette chambre que je la vis pour la premiere fois; voici l'endroit où elle étoit
assise quand je lui fis serment de lui être
fidele; ici j'entendis avec un doux fré-
missement les sons ravisfans de sa voix mé-
lodieuse;

lodieufe; là j'eus l'entretien de fon vénérable oncle. Telles font les idées qui
dans peu me tourneront la tête; je m'en
inquiete fort peu. Je fuis bien malheureux ! Si mon fort ne change promptement, ce fera bientôt fait de votre ami.
Je ne defire qu'une chofe avant de mourir, c'eft de me venger. J'ai mes émisfaires en campagne avec promesfe d'une
ample récompenfe, s'ils réusfisfent à enle-
ver Zaffini & à la mettre en mon pouvoir.
Quand je penfe aux maux affreux qu'elle
m'a caufés, je perds toute idée de honte,
tout fentiment d'humanité ; car je crois
que j'aurois du plaifir à la voir empalée
toute vive. Trouvez bon que je finisfe
ici ce fatal récit. Hé bien, mon ami en-
trerez-vous maintenant dans les vues dé
mon pere, quand il me presfe d'époufer
une femme à caufe de fes biens? M'offri-
roit-on vingt couronnes, malheureux
comme je le fuis, vous ne me confeille-
riez pas de les accepter. Non, mon ami,
non, mon ame eft trop profondément affectée. Je ne m'explique point ainfi à mon

Partie I.   I

pere; ayez la bonté, je vous prie, de lui repréfenter que ce feroit faire injure à une jeune perfonne, d'un rang fi diftingué & à la tête de fi grands biens, que de l'unir à un homme ausfi miférable que je le fuis: cela ne doit pas être. Faites enforte de le faire renoncer à ce projet, mais avec la précaution de lui laisfer ignorer ma déplorable fituation. Vous favez à quel point il m'aime, je craindrois qu'il n'en fût touché d'une maniere qui lui feroit funefte. Cachez-lui les circonftances les plus triftes; dites-lui en cependant asfez pour qu'il ne penfe plus à me marier avec Ladi Henriette ni avec aucune autre. C'eft une tâche confiée à l'amitié que vous remplirez parfaitement : j'y compte au moins & fuis &c.

WILLIAM W——.

L E T T R E XIII.

Mr. MELVILLE à Mr. FREDERIC

MON cher ami, le féjour de Misf Benfon chez moi y occafionne les fcenes les plus fingulieres par la variété des caraĉteres qui s'y déploient. Il vient de s'en pasfer une nouvelle à laquelle a donné lieu la générofité de cette femme aimable envers les Sampher. Hier, comme nous étions dans la falle, on annonça Sir George Milbourne à Misf Benfon. A ce nom elle rougit, & je vis fur fon vifage des marques d'indignation qui me plurent beaucoup. Aprés avoir pris place, Sir George adresfa la parole à Misf Benfon & à ma fœur qui étoient asfifes l'une près de l'autre.

,,Mesdames, je dois commencer par ,, vous demander pardon de la liberté que ,, je prens ; mais il y en a une de vous,

,, je ne fais laquelle, qui a donné l'exem-
,, ple d'une fi grande générofité, que j'ai de-
,, firé d'en favoir le motif, d'autant plus que
,, cette générofité nuit beaucoup à mes in-
,, térêts." Après ces mots il s'eſt arrêté un
moment ; mais voyant qu'elles ne le com-
prenoient pas, ou qu'elles feignoient de ne
pas le comprendre, il a ajouté : ,, Je par-
,, le, Mesdames, de deux femmes empri-
,, fonnées pour dettes ; elles s'appellent
,, Sampher, mere & fille.

,, C'eſt cette Dame, a dit ma fœur, qui
,, a fait cette action généreufe."

,, Madame, a repris le Baronnet s'a-
,, dreſfant à Miſf Benfon, puis · je vous
,, vous demander pourquoi ?"

,, Vous me permettrez, Monfieur, de ré-
,, pondre à votre pourquoi en vous deman-
,, dant à mon tour *pourquoi* vous avez pré-
,, tendu acquérir des droits fur ces fem-
,, mes en vous chargeant de leurs dettes ?

,, Sur ma foi, Madame, vous mettez
,, dans votre demande une vivacité qui don-
,, ne un nouvel éclat à vos charmes. J'ai
,, de bonnes, de très - bonnes, de très·

„ folides raifons pour. cela." Et prenant enfuite avec l'air d'une miftérieufe impor-
„ tance , une prife de tabac , pour éta-
„ler une belle rofe de diamans , „ Vous
„ avez été trompée Madame , . . . bien
„ trompée en vérité."

„ Rien de plus croyable, Sir George;
„ nous autres femmes fommes incapables
„ des diftinctions fubtiles qui font tant
„ d'honneur à votre fexe."

„ Des Dames telles que vous (*il fal-*
„*loit voir alors avec quelle complaifance*
„*fes yeux fe fixerent fur elle*) ont les quali-
„ tés qui diftinguent le plus dans le mon-
„ de. Après tout on doit pardonner à la
„ nature d'avoir oublié des créatures com-
„ me les Sampher , puisqu'elle répare fi
„ bien fes torts par les dons qu'elle vous
„ a prodigués."

„ Il faut convenir que voilà un compli-
„ ment fort bien tourné. Dites-moi, je
„ vous prie, Monfieur, eft-ce à ma figu-
„ re ou à mon efprit que s'adrefse ce com-
„ pliment."

„ Sur mon honneur , Madame, je ne

„ m'adresſe jamais à l'eſprit du beau ſexe.
„ Il a en partage des charmes dont le cœur
„ ne ſauroit ſe défendre ; mais la profon-
„ deur de ſon jugement eſt un objet d'u-
„ ne moindre importance.

„ Ainſi le plus que vous pouvez accor-
„ der à une belle femme, c'eſt de la re-
„ garder comme une jolie poupée."

„ Je ferai une diſtinction en votre faveur
„ Madame ; vous avez prodigieuſement
„ de l'eſprit !"

„ Je n'ai pas de dettes, Sir George.
„ Vous ne me complimenteriez pas aujour-
„ d'hui avec le desſein de me faire mettre
„ en priſon demain ?"

„ Pardonnez-moi, ma belle dame, ce
„ ſont vos yeux qui enchaînent les cœurs
„ de quiconque oſe les contempler."

„ Les yeux de Miſſ Sampher ausſi, Sir
„ George, ſont bien capables de capti-
„ ver."

„ En verité, Madame, j'ai oublié (*en
„ diſant cela il avoit un air niais & ba-
„ dinoit avec ſa chaîne de montre*) j'ai ou-
„ blié ſa figure ; elle eſt pour rien là-de-

„dans; c'est à la vieille que j'ai affaire."

„Fi donc, Monfieur! Quoi, le galant,
„l'élégant Sir George dresfe fes batteries
„pour foumettre une vieille pendant qu'u-
„ne jeune eft là tout près.

„L'élégant Sir George! Ha! Ha! en
„vérité Madame, vous avez un talent de
„plaifanter qui vous feroit honneur fur le
„théâtre ; mais, Madame, vous vous
„méprenez furieufement dans cette af-
„faire."

„Comme vous avez un goût décidé pour
„les vieilles, je crains d'avoir l'air de dater de
„loin, car vous m'avez fait des complimens."

„Je vous ai déjà dit, Madame, qu'il
„faut abfolument que ces femmes que
„vous protégez . . .

„Retournent en prifon, n'eft-ce pas,
„Sir George." Ne pouvez-vous faire l'a-
„mour à la vieille, à moins que ce ne
„foit dans un donjon?"

„Je vous asfure qu'elles meritent
„bien . . . . ."

„Etant jolies! Vous êtes un homme fi
„galant que . . . ."

I 4

„ Madame, daignez m'écouter s'il vous „ plait; vous devez me permettre ...."

„ De continuer à faire votre cour à Mde „ Sampher.

„ Je n'entends point ceci. (*avec aigreur*) „ Ce font des coquines qui ont contracté „ des dettes qu'elles ne peuvent payer, & „ je fuis venu pour vous prier de me dire „ nettement quels font vos desfeins à leur „ égard; car je les confidere comme dé- „ pendantes de moi."

„ Dépendantes de vous?"

„ Oui de moi; car voici un état exact „ du montant des dépenfes; & je ne pré- „ tens pas, Madame, que ma dette foit „ payée d'une maniere aussi irréguliere que „ vous avez fait."

De forte que, Sir George, votre des- „ fein eft de me remettre maintenant mon „ argent?"

C'eft cela même, Madame."

„ Fort bien, & vous le réclamerez la „ femaine prochaine comme une dette, „ n'eft - ce pas? Sous ce prétexte vous me „ logerez dans une prifon, & ce avec les

„ intentions les plus pures & les plus hon-
„ nêtes; cela s'entend.

„ Je comptois, Madame, que vous me
„ tiendriez un langage plus férieux."

„ Peut - être le defirez - vous, Sir Geor-
„ ge ?"

„ Sûrement , Madame ; je veux que
„ cette affaire finisfe,"

„ Hé bien , Monfieur , vous faurez en
„ deux mots quel eft mon fentiment. Vo-
„ tre conduite envers les Sampher me pa-
„ roît celle d'un lâche & d'un infâme."

„ Comment ! "

„ La conduite d'un homme qui fait de
„ fes richesfes l'emploi le plus vil, & qui
„ ne tend qu'à détruire dans les autres
„ une vertu entiérement éteinte en lui."

„ Mais, Madame . . . "

„ Hé! Monfieur , n'eft - il pas naturel
„ de juger que votre ame eft un compofé
„ de basfesfe & de cruauté, quand on voit
„ que vous n'avez acheté la dette d'une
„ veuve, dans la détresfe & l'infortune ,
„ qu'à caufe des vues criminelles que vous
„ aviez fur fa fille, & que vous les avez
„ fait traîner impitoyablement en prifon

I 5

„ l'une & l'autre, parce que celle-ci re-
„ fusoit de se prostituer à un monstre ausfi
„ abominable?

    „ Vous ne m'épargnez pas, ce me sem-
„ ble, Madame; mais vos nymphes me le
„ paîront.

    „ Vous vous trompez très-fort; Mon-
„ sieur; elles font fous mon aîle : ma
„ fortune, quoique peu considérable, sera
„ employée à les défendre; elles peuvent
„ lutter contre votre méchanceté.''

Le Baronnet n'en voulut pas entendre
davantage; il jeta un regard furieux sur
Misf Benson, qui, de son côté, lui témoigna un souverain mépris; & il se retira avec une précipitation qui étoit un aveu
bien clair qu'il étoit battu à plates con-
tures.

    „ C'est donc là, dit Misf Benson, un
„ de nos élégans modernes? Cette espece
„ d'animaux fourmille à Londres . . . .
„ Qu'il fait d'honneur à votre sexe, Mr.
„ Melville !''

    „ Madame, je suis persuadé qu'il y a

„peu d'hommes comme Sir George ; il „y en auroit beaucoup moins encore, s'ils „recevoient des leçons comme celle que „vous venez de lui donner."

„Je la lui ai donnée avec d'autant plus „de plaisir , que j'ai reconnu sa figure, „quoiqu'il ait oublié la mienne. Son pe- „re étoit un ami de mon oncle qui, souvent „en ma présence, lui prédit que Sir Geor- „ge seroit un ignorant & un fat. Il ne „cessoit de recommander à Sir & à Ladi „Milbourne de veiller avec soin à l'éduca- „tion de leur enfant qui devoit être un „jour à la tête d'une fortune considérable; „mais Ladi Milbourne, emportée par une „tendresse aveugle pour son fils, lui par- „loit sans cesse du rang qu'il devoit occu- „per dans la suite. Tant de caresses au- „roient tourné la tête à un Duc ; elles „n'ont fait que donner les airs ridicules d'un „fat au Baronnet. On l'a laissé contracter „dans sa jeunesse presque tous les vices „qui pouvoient avilir son caractere dans „un âge mûr ; aussi le voyons-nous au-

„jourd'hui répandre l'argent à pleines „mains, pour faire le malheur d'autrui."

Je m'offris à Misf Benfon de faire tout ce qu'elle croiroit convenable pour la fûreté de Mde. Sampher & de fa fille ; elle me remercia, difant qu'elle pouvoit fe fier à leur prudence & à l'attention des perfonnes chez qui elles logeoient.

La triftefse s'empare de mon cœur, mon ami : la maifon de Misf Benfon fera bientôt prête à la recevoir. Que deviendrai-je, que ferai-je quand elle fera partie? Je n'en fais rien, mais je crois que le plus fage parti eft de mettre fin à mon exiftence ; c'eft la meilleure maniere de terminer un fonge délicieux qui ne peut finir que par l'infortune. Nous ferons fans doute au nombre de fes plus intimes amis; mais un cœur fortement épris fe contenta-t-il jamais du titre d'ami ? Il faut pourtant bien que je m'en contente, puifque je n'ofe me déclarer fon amant. Et à quoi bon lui parlerois je d'amour? il eft évident que tout ce que je puis efpérer d'elle, c'eft de l'amitié, des politefses, &

rien de plus. Mes yeux lui ont dit plus
d'une fois que mon bonheur suprême feroit
de lui plaire ; elle n'a pas entendu, ou au
moins elle n'a pas paru entendre ce langage; &, pour dire vrai, je crois réellement qu'elle ignore entierement l'empire
de fes charmes fur mon cœur. D'un autre côté, je penfe qu'elle trouvera diffici-
lement un homme qu'elle juge digne d'elle. Elle fait de tems en tems des forties
fi terribles fur notre fexe, que je ferois tenté de croire fon mépris pour les hommes
presque univerfel. Mon amour pour cette femme incomparable ne m'aveugle pas
au point de ne pas fentir que c'eft en elle
un vice de caractere, & qu'elle fe donne
un mauvais coloris quand elle mêle à fes
propos tant de fiel & de dédain pour les
hommes. Il eft vrai auffi qu'elle n'en
rencontre guere qui ne foient au - desfous d'elle par le génie, les connoisfances
acquifes & bien d'autres qualités ; & d'a-
près cela l'on doit trouver moins étrange
qu'elle tienne fans cesfe en main l'arme du
ridicule pour écrafer les hommes ordinai-

res, furtout quand elle les voit laiffer tom-
ber fur elle un œil de dédain, la confon-
dre avec le refte de fon fexe, & prendre
cet air de fupériorité qu'ils croient leur
appartenir fi bien.   Malheureufe au milieu
de ce groupe d'hommes agreftes qui for-
moient la fociété de fes parens, elle s'eft
fait une habitude de jeter du ridicule fur
tout, & l'on doit compter au nombre de
fes talens celui de trouver promptement
le côté foible de tous ceux avec qui elle
fe rencontre ; pleine de bonté & d'indulgence pour les femmes, elle eft fans mifé-
ricorde pour les hommes.

Minell ne peut la fouffrir.   Vous favez
qu'il a la manie de fe moquer des femmes
dans toutes les occafions, les déprimant
autant qu'il peut, & prétendant que leurs
idées ne doivent pas s'étendre au delà du
cercle de leur ménage.   C'eft ainfi qu'il
en ufe avec fa fœur Betti ; quoiqu'elle ne
manque pas d'efprit, elle le laiffe dire,
& fait bien ; car il eft fûr que, fi elle faifoit la moindre mine, il la renverroit auffitôt & prendroit à fa place une autre de

ses sœurs. Quand je lui dis que Misf Benson étoit si au-dessus de toutes les femmes que j'avois vues, il me plaisanta beaucoup & finit par me dire que l'amour m'aveugloit sur ses défauts ; il vint quelque tems après dîner à la maison, comptant ne voir qu'une jolie femme avec quelque peu d'esprit. Sa conversation ne roula d'abord que sur des bagatelles, comme s'il se fût tenu sur ses gardes ; ensuite il se hazarda de dire à mots couverts quelque chose d'injurieux au sexe qui n'échappa pas à Misf Benson. Celle-ci, se mêlant à la conversation, lui lâcha, sans paroître y entendre finesse, quelques traits piquans qui le firent mouvoir sur sa chaise. Elle ne s'en tint pas là ; elle l'attaqua sur son air moqueur & sa maniere nonchalante de parler ; en un mot elle l'accabla de traits si satiriques & si spirituels, qu'il ne savoit plus où il en étoit ; tout cela sans s'écarter en rien des regles de la politesse. Nous ne pûmes nous empêcher de rire de la sotte figure qu'il faisoit, surtout quand sur le ton ironique & moqueur elle parla de l'in-

fériorité des femmes ; de façon que je
me trompe bien fort ou mon ami Menill
eft guéri de fa manie de moquer des
femmes.

Adieu ; je fuis &c.

RICHARD MELVILLE.

LETTRE XIV.

MISS BENSON *à* MISS EMILIE WATSON.

MA chere Emilie, je fuis reconnois-
fante, on ne peut plus, de l'invitation que
vous me faites d'aller paffer quelque tems
avec vous dans votre terre du Huntingdonshire. Prefentez, je vous prie, mes
finceres remercîmens à Mr. Watfon, pour
la part qu'il a bien voulu prendre dans
cette marque de votre amitié à mon égard.
J'aurois de bon cœur été vous voir, fi je
n'eusfe

n'eusfe pas cru ma préfence nécesfaire à
Londres pour vaquer aux réparations & à
l'ameublement de ma maifon. Ma bonne
fortune m'a fait rencontrer en Misf Melville & fon frere des perfonnes fi raifonna-
bles & fi remplies d'égards, que, malgré
leur extrême politefle , j'ai été parfaitement à mon aife dans leur maifon. Quand
j'ai vu que je pouvois demeurer avec eux
fans leur caufer beaucoup d'embarras, j'y ai
confenti : il ne tiendra pas à moi que je ne
leur marque combien je fuis fenfible à
leurs civilités.

Enfin me voilà dans ma maifon en Pall-
mall. J'ai réglé mes affaires & mon ménage de façon que j'efpere jouir au moins
des aifes de la vie. Ma maifon eft charmante ; j'ai à rez de chausfée deux falles
& un grand falon avec un joli cabinet de
toilette. J'ai meublé avec élégance ces
quatre pieces. Les tableaux & autres petits meubles d'un goût exquis que m'a laisfé Mr. Mellish, ne fervent pas peu à les
décorer. Bien des perfonnes de mon fexe
envieroient mon fort , & elles auroient

Partie. I.   L

raifon. Mr. Melvill m'a fait l'acquifition
d'un cocher excellent & très-grave, &
d'un bon laquais ; & Misf Melville m'a
procuré une bonne cuifiniere & une fille
de peine. J'ai pris pour femme de chambre une jeune fille du Susfex, dont le pere, qui étoit eccléfiaftique, eft mort fans
lui laisfer de bien ; je crois vous en avoir
parlé plus d'une fois. Madame Henri eft
dans fon emploi & le remplit beaucoup
mieux que je n'efpérois; c'étoit dans mes
arrangemens ce qui me caufoit le plus d'inquiétude. Je vois qu'elle eft naturellement enjouée, & fans gêne avec moi.
Comme elle avoit vécu longtems dans la
retraite, je craignois qu'elle n'eût contracté un air & des manieres trop gauches
pour que je la pusfe mener partout où je
vais ; j'ai été agréablement trompée. Elle s'eft acheté quelques habits d'un fort
bon goût, de forte qu'aujourd'hui elle ré-
préfente au mieux ; c'eft une bonne ma-
man qui n'a aucune des infirmités qui font
ordinairement le partage de la vieillesfe.
Une chofe à laquelle je donnerai attention,

c'eft l'économie ; non pour ramasfer de l'argent , je n'en ai pas befoin ; mais afin qu'en commencant ce train de vie qui eft nouveau pour moi, mes dépenfes n'exce- dent pas mon revenu, & que j'aie même toujours quelques centaines de guinées en caisfepour parer aux événemens.

Il faut ausfi que j'aie une maifon hors de ville ; car je me plais infiniment à la campagne. Il n'eft pas posfible que je res- te à Londres durant la belle faifon ; mais je ne me donnerai de mouvemens pour ce- la qu'au printems , parce que je ne vou- drois pas me fixer dans un endroit fans l'a- voir vu dans le tems où fes beautés font développées. Je donnerai la préférence au voifinage de Londres qui eft très - agréa- ble : c'eft un moyen de fe difpenfer de la fatigue & de l'embarras des longs voyages. D'un autre côté, c'eft à mon avis le plus beau payfage de toute l'Angleterre. Si je trouve un petit bien à deux ou trois mil- les de la ville, dont le logement foit joli, je l'acheterai. Le féjour de Londres ne

L 2

m'eft pas desagréable ; mais j'aimerois
beaucoup mieux celui de la campagne.

Je trouve que mon revenu, quite de
tous faux frais, eft d'environ douze cens
livres fterlings ; &, autant que je puis juger, neuf cens fuffiront pour mes dépenfes ;
encore asfigné - je une fomme fort honnête à chaque objet de dépenfe : de cette façon je me tiendrai dans les bornes que je
me fuis prefcrites. Une femme n'a ni ne
peut avoir la même importance & le même crédit qu'un homme d'une fortune égale à la fienne ; elle eft expofée à plus de
contre - tems & de malheurs, auxquels elle
ne peut parer qu'en ayant toujours une certaine fomme qu'elle puisfe employer en
ces occafions.

Mais, ma chere Emilie, j'ai fans cefle
dans l'efprit un chofe qui trouble tous les
plaifirs que ma fituation femble me pro-
mettre, & qui me fait pasfer de bien mauvais quarts d'heure. Puisque tel eft mon
fort, (& je ne penfe point, fans angoisfe,
combien j'ai peu d'efpoir de le voir changer ;) il eft de la prudence que je prenne

des précautions, pour ne pas m'attirer de nouvelles peines, dans les chofes au moins qui dépendent de moi. C'eft bien asfez d'une infortune; & il n'eft rien au monde que je détefte plus que l'idée d'être dans la dépendance de gens au-desfous de moi, ou dans cette efpece de détresfe qui réfulte d'un manque d'économie.

J'ai une chambre, ma chere amie, qu'on appelle la chambre d'Emilie; croyez qu'en venant l'occuper vous n'ajouterez pas peu au bonheur que je devrois naturellement efpérer pour l'avenir. Je n'ai pas befoin de vous dire que ce fera un plaifir de plus pour moi, fi Mr. Watfon veut bien vous accompagner.

❀ ❀ ❀ ❀

Je fus à la cour mardi dernier. J'y fus reconnue de l'Ambasfadeur de Sardaigne, qui, après m'avoir faluée avec beaucoup de politesfe, me demanda des nouvelles de fon ancien ami, Mr. Mellish. Je lui dis en foupirant qu'il n'étoit plus. A cette nou-

L 3

velle la face vénérable de ce bon vieillard fut couverte de larmes. Le Roi, qui s'en apperçut, s'avança pour en demander la caufe.

„ Mes larmes, Sire, font un tribut que „ je dois à la mémoire d'un ami que j'efti- „ mois infiniment. Madame eft la niece „ de cet ami, & durant leur féjour à Tu- „ rin, j'ai toujours recherché avec em- „ preffement la compagnie de l'un & de „ l'autre.

„ Madame a donc été en Italie, dit le „ Roi?"

„ Oui, Sire, j'y ai réfidé pendant deux „ ans avec feu Mr. Mellish, mon oncle.

„ Mellish! Mellish! . . . mais vraiment „ je me le rappelle; n'étoit-il pas Briga- „ dier général.

„ Non, Sire, mais dans fa jeuneffe il „ a eu l'honneur d'être votre Envoyé à „ Venife."

„ Oh! je me fouviens parfaitement de „ lui. Il étoit votre oncle?"

„ Oui, Sire, & à fa mort j'ai fait une „ perte irréparable.

„Je prens beaucoup de part à votre pei-
„ne, Madame."

„Votre Majefté, dit l'Ambaſſadeur, n'a-
„voit point de plus digne ſujet que ce gen-
„tilhomme, & elle n'a pas dans tous ſes
„domaines de femme plus accomplie que
„cette dame.

Le Roi me fit quelques complimens &
rentra dans le cercle; mais le marquis de
Vigniola me demanda où je demeurois. Je
lui dis que j'avois pris depuis peu un logement en Pall-mall, & il m'aſſura qu'il
profiteroit du premier moment dont il pourroit diſpoſer, pour venir me faire viſite.

Le Comte de C — m'ayant apperçue,
s'approcha auſſitôt pour me témoigner combien il étoit ſenſible à la perte que j'avois
faite; il s'informa de ma ſituation & me
demanda en ſouriant des nouvelles de Suſſex. Vous ſavez que ſa terre eſt dans ce
canton & que mon pere s'eſt toujours op-
poſé, d'une maniere qu'on peut qualifier
d'abſurde, à ſes prétentions dans le parle-
ment. Quelques autres amis de mon oncle, qui étoient alors dans l'appartement

L 4

du Roi , me firent ausfi beaucoup de politesfe, au point même que j'en fus étonnée.

Pour ce qui eft de la fociété, ma chere
Emlie , je fuis un peu finguliere touchant ce
qu'on doit defirer à cet égard. Les perfonnes
qui ont des lumieres fupérieures à celles du
vulgaire, cherchent en général avec empresfement la fociété des gens qui , comme elles, fe diftinguent par leurs talens , leur
habileté ou leur efprit; elles affectent même de fe faire gloire de compter le rang
pour rien , en cela bien différentes des perfonnes d'une clafe inférieure qui fe vifi-
tent avec un plaifir exactement proportio-
né au rang de celles qu'elles vont voir.
Pour moi , je crois devoir tenir le milieu
entre ces deux extrêmes. La conduite de
ceux - ci eft ridicule, & celle de ceux - là
eft par fois capricieufe. J'ai obfervé, après
bien des expériences , que les gens de qualité qui ont vécu dans leur fphere (celle du
grand monde) ont, pour leur part, plus d'i-
dées que leurs inférieurs , & font moins
éloignés qu'eux de la perfection. Le manque de cet air poli & prévénant qui dis-

tingue ordinairement les grands, fait très-
fouvent qu'on fe dégoûte de la compagnie
des petits. Les richesfes des premiers les
mettent dans le cas d'avoir une éducation
plus foignée, & leur efprit étant à portée
de prendre un plus grand effor, ils peuvent
en conféquence acquérir plus de connoisfances que les derniers. Je fuis perfuadée
cependant que cette regle fouffre beaucoup
d'exceptions, qu'on trouve fouvent parmi
le peuple des gens du plus grand mérite,
tandis que parmi la noblesse, même la plus
qualifiée, il n'eft pas rare de trouver des
individus très - méprifables.

Il y a quelque chofe de fingulier dans
la vie du Marquis de Vigniola. Comme
il vivoit dans une grande intimité avec
mon oncle à Turin & qu'il venoit très - fouvent nous voir, j'avois occafion d'avoir avec
lui de fort longs entretiens, & il m'a raconté
plus d'une fois certaines particularités de fa
vie qui figureroient au mieux dans un roman, & qui cependant n'ont jamais été bien
connues de la cour. Le Duc de Savoie, tra-
verfant un jour un lieu folitaire dans les

L 5

montagnes de ce pays, fe trouva écar-
té de fes gens ; s'en étant apperçu , il
alla fans aucun cortege à une chaumiere
qu'il vit à quelque diftance de là. Il n'y
trouva qu'un petit garçon d'environ huit
ans à qui il demanda le chemin ; cet enfant
le lui dit avec beaucoup de vivacité ;
mais fon Alteffe craignant de ne l'avoir pas
bien entendu, lui demanda s'il ne pourroit
point venir le mettre dans le chemin.
,, Oui bien ,''   répondit le petit drôte ;
,, dans un moment, j'y vais avec mon
,, âne.''   En effet il paroît la minute d'après
fur fa monture , & le voilà qui fert de
guide au Duc qui le fuit, laiffant fes gens
fe tirer d'affaire comme ils peuvent. L'enfant entre en converfation avec l'étranger
qu'il amufe beaucoup par la fineffe de fes
remarques , & la vivacité de fes repliques.   Je ferois charmé , dit le Duc
,, quand il fe vit dans le bon chemin, d'a-
,, voir un garçon comme toi à mon fervi-
,, ce.''   ,, Seroit - il poffible, Monfieur !''
repondit le jeune enfant ? ,, Mais vraiment
,, je ferois bien-aife auffi moi de vous fervir.''

„Que peux-tu faire?" „reprit le Duc.
„Je ferai tout ce que vous commanderez,
„& l'on peut compter fur ma fidélité."
Enchantée de cette réponfe, fon Altesfe
lui dit de la fuivre, & ausfitôt qu'elle fut
arrivée à la petite ville de Suna, elle dépê-
cha un mesfager à la maifon où elle avoit
pris l'enfant pour informer fon pere qu'il
étoit entré au fervice d'un gentilhomme inconnu; mais qu'il étoit en de bonnes mains
& qu'on en auroit foin. Quand les gens
du Duc l'eurent rejoint, le Duc leur déclara qu'il vouloit que cet enfant vînt avec
eux à Turin monté fur fon âne & dans
fon habit de payfan. Le jeune Samon
(c'eft ainfi qu'on l'appeloit) fut fort furpris en apprenant que fon nouveau maître
n'étoit pas moins que le Duc de Savoie;
mais la joie d'avoir gagné les bonnes graces de fon Souverain égaloit au moins fa
furprife.

Le Duc n'avoit pas fait quatre lieues
qu'on vit accourir à toute bride un homme qui demanda à parler au gentilhomme
qui lui avoit envoyé un mesfager, difant

qu'il avoit une chofe importante à lui communiquer. Sa furprife fut extrême quand
on lui dit que ce gentilhomme étoit le Duc
lui-même; il avança néanmoins tout de
fuite vers lui. ,,Noble Prince, dit-il, le
,,plus humble de vos fujets prend la liber-
,,té de vous prier de lui rendre fon fils."
Le Duc voyant ce qui l'avoit amené, lui
dit qu'on prendroit foin de fon enfant &
qu'il fe trouveroit bien d'être à fon fervice. Le vieillard, affligé de cette réponfe,
parut embarrafé & renouvela fa priere.
Le Duc, d'un autre côté, témoigna du
mécontentement de l'imprudence de cet
homme qui s'oppofoit à l'avancement de
fon fils; ce que voyant le bon homme,
il dit avec émotion: ,,cet enfant n'eft pas
ce qu'on le croit; il eft d'une famille noble." Le Duc, furpris de ce qu'il venoit
d'entendre, tira le vieillard à l'écart dont
il apprit tout ce qui concernoit l'enfant, à
qui il donne le titre de Marquis de Vigniola, titre néanmoins qui n'étoit qu'honorifi-
que, parce que le vieux Marquis de
Vigniola avoit été dépouillé de fes biens

dans le dernier foulevement qui étoit arrivé en Savoie. Il eft clair qu'il y avoit
quelque chofe de myftérieux dans ce que
le vieillard dévoila au Duc; mais fon Altesfe s'eft toujours tue fur cet article.

Le jeune Marquis fut élevé à la cour.
Le Duc le pourvut d'un petit emploi
pour fon entretien & le plaça à l'academie
ducale où on lui donna d'excellens maîtres de toute efpèce. A feize ans le Duc
le fit officier dans fon régiment, jugeant
d'après plufieurs entretiens qu'il avoit eus
avec lui qu'il avoit trouvé un tréfor dans
ce jeune homme qui avoit déjà acquis beaucoup de connoisfances & avoit fait des pro-
grès étonnans dans tous fes exercices. Il
étoit d'une taille avantageufe; fon air, fa
contenance le faifoient remarquer même à
la cour. De grade en grade il parvint à celui
de Colonel. Une guerre étant furvenue où
le Duc fe declara contre la France, le
Marquis fe fignala en plufieurs occafions.
Son maître vit alors qu'il avoit en lui un
excellent officier, fur qui il pouvoit compter, & il lui confia des expéditions de la
plus grande importance.

Durant cette guerre le Marquis se trouvant à la prise d'une ville par escalade dans
le Piémont, fit tout ce qui lui fut possible
pour empêcher les désordres affreux, ordinaires en ces occasions. Comme il étoit
occupé à prévenir ou faire cesser les vio-
lences des soldats, il entendit du bruit dans
un couvent ; il court aussitôt à la porte
qu'il eût été facile d'enfoncer ; il trouve
l'Abbesse & ses religieuses dans la conster-
nation, s'attendant aux derniers outrages
de la part d'une troupe de soldats occupés
à piller leur maison. Il mit bientôt fin à
leurs alarmes & leur rendit la tranquillité, en chassant les soldats du couvent;
mais il perdit la sienne, en devenant éperdument amoureux d'une religieuse, & s'en-
gagea dans une intrigue qui pouvoit avoir
des suites funestes. J'ai su différentes particularités de cette affaire, qui dans le fond
ne lui fait pas trop d'honneur.

Sous le regne de Charles EMANUEL II.
Roi de Sardaigne, il eut ordre de
se rendre en cette Isle & d'y assembler les
Etats pour leur communiquer une affaire

importante. Dans fon voyage il fut pris par une galere Turque & emmené prifonnier à Conftantinople ; comme il ne tarda pas à obtenir fa liberté, fon féjour n'y fût pas long ; il le fut cependant asfez pour qu'il y eut plufieurs intrigues galantes & peu s'en fallut qu'elles ne lui devinsfent fatales.

Après une vie fort agitée, le Roi de Sardaigne l'a fait fon Ambasfadeur extraordinaire à la cour d'Angleterre avec des émolumens confidérables. Nous étions à Turin quand il fit fes préparatifs pour fon ambasfade. Mr. Mellish l'avoit connu auparavant, & la resfemblance de leurs caracteres, n'avoit pas peu contribué à resferrer le lien de l'amitié qui les unisfoit déjà, car il faut convenir que le Marquis de Vigniola eft d'une générofité très - rare, même parmi ceux qui fe piquent de l'éducation la plus noble. Cette intimité ne pouvoit donc manquer de plaire à mon oncle qui lui donna d'excellentes inftructions à l'égard de l'Angleterre, inftructions qui dans la fuite lui ont été très - utiles.

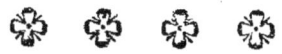

Le Mardi.

Ma chere Emilie!

Le Marquis m'a fait ce matin une vifite d'amitié, dont je crois devoir lui tenir bon compte. Il raifonne avec tout le
feu & toute la vivacité de la jeunesfe, &
met autant de finesfe & de fagacité dans
fes remarques & fes obfervations, que
s'il eût pasfé la moitié de fa vie en An-
gletterre. Je fouhaitois favoir ce qu'il
penfoit de notre nation; il a lui même
entamé la matiere.

„D'où vient, Madame, ma - t - il dit,
„trouve - t - on parmi les Anglois plus de
„bon fens & de noblesfe de fentimens,
& plus de perfonnes d'un vrai mérite
„que parmi toute autre nation du monde?
Mais il faut convenir ausfi que ce qu'on
appelle peuple eft plus nombreux ici que
„nulle part ailleurs & il me femble ausfi
„que quelque compagnie que l'homme de
„qualité puisfe fréquenter, il y rencontre
„une plus grande affluence d'hommes vul-
„gaires qu'il ne feroit communément dans
„la plupart des autres païs.

Votre

„ Votre excellence ne fait pas attention
„ que ce concours dont elle femble offenfée
„ ne vient pas de ce qu'il y a plus de ces hom-
„ mes vulgaires dans ce pays que d'autres,
„ mais de la liberté dont on y jouit, qui influe
„ fi fortement fur toutes les clasfes du peu-
„ ple Anglois, fur leurs asfemblées, leurs ac-
„ tions, leurs manieres & leurs amufemens,
„ que vous nefauriez produire un feul indivi-
„ du Anglois en qui ce caractere national n'é-
„ clate. Dans les pays où le Souverain a un
„ pouvoir arbitraire, on met beaucoup plus
„ de diftinction entre les rangs: les gens qui
„ par d'heureux hafards deviennent riches,
„ étant obligés de fe tenir à quelque diftance
„ de la haute noblesfe; de forte que vous ne
„ voyez que peu ou même point de ces ca-
„ racteres qui font remarquables dans tou-
„ tes les asfemblées Angloifes."

„ On ne peut, Madame, contefter la
„ juftesfe de votre raifonnement; cepen-
„ dant tout ce qui en réfulte, c'eft qu'à
„ un feul mal vous en fubftituez plufieurs.
„ Cette liberté dont vous défendez fi bien
„ la caufe, eft la fource de ces maux,

Parti I.   M

„ & vous n'entreprendrez pas fans doute
„ d'en contefter l'exiftence. Cette liberté
„ doit furement avoir une grande influen-
„ ce fur le caractere national; puisque les
„ étrangers ne peuvent démêler dans une
„ nombreufe asfemblée les rangs différens
„ des perfonnes qui la compofent. Il fe-
„ roit ridicule de chercher le caractere na-
„ tional dans la populace; pour en juger
„ fainement & fans partialité, il faut voir
„ les meilleures compagnies & tirer des
„ conféquences d'après ce qu'on a obfervé
„ dans les asfemblées les plus polies. Si la li-
„ berté montre un front altier dans le cabi-
„ net du prince, ou dans les asfemblées
„ des grands, c'eft là furement qu'on doit
„ prendre l'enfemble qui forme le beau ta-
„ bleau de la nation. Si, au contraire,
„ on y voit communément des caractères
„ fans énergie, il eft naturel de conclure
„ qu'en général la nation ne s'éleve pas
„ audesfus de la médiocrité. On auroit
„ mauvaife grace de répondre à cela qu'un
„ étranger ne doit pas juger d'après ces as-
„ femblées où les rangs font confondus, &

„qu'il doit diftinguer les perfonnes bien
„nées de celles qui manquent d'éducation.
„Si c'étoit là la regle de nos jugemens à
„cet égard, le réfultat des obfervations
„des différens peuples, feroit qu'on doit
„les mettre tous au même niveau; car il
„n'en eft aucun où l'on ne trouve plufieurs
„excellens individus, & fur ce pied on
„pourroit porter le même jugement de l'I-
„talie & de la Suede, de l'Efpagne & de
„la Pologne."

„Votre excellence s'attache trop, ce
„me femble, à la premiere clafse d'u-
„ne nation; la derniere, la populace,
„comme on la nomme, demande de l'atten-
„tion, & d'autant plus, qu'elle forme la
„partie la plus nombreufe d'une nation:
„c'eft donc d'après fon caractere plutôt que
„d'après celui de quelques individus qui
„font au-desfus d'elle, qu'on doit décider
„quel eft le caractere national. En tout
„pays c'eft dans les premieres clafses des
„citoyens que fe trouvent les excellens in-
„dividus dont vous parlez; ils font les mê-
„mêmes à peu près partout. Les voya-

M 2

„ ges, la lecture, un commerce honnête
„ & journalier tendent à donner de la res-
„ femblance à leurs caracteres; mais par-
„ mi le peuple la nature n'eft point gênée
„ dans fes opérations; ausſi voyons-nous
„ des différences très-notables entre la po-
„ pulace de toutes les nations; & ce font
„ ces différences, autant que je puis croire,
„ qui doivent former une diftinction, quand
„ il s'agit de caracteres nationaux."

„ Je ne faurois vous disſimuler, Mada-
„ me, que je hais la licence de la populace
„ Angloiſe. Votre liberté, ou ce qu'il
„ vous plait d'appeler ainſi, dégénere en
„ brutalité & même en tyrannie affreuſe.
„ Eft-il aucun pays dans le monde où l'on
„ ait jamais vu rien de femblable à ce dont
„ je fus témoin il y a quelques jours? Un
„ Italien fort bien mis arrive à Londres;
„ au moment qu'il débarque du vaisſeau
„ qui l'a apporté pour aller à une auberge,
„ il eft abordé par une troupe de coquins
„ qui lui en indiquent une où ils defirent
„ qu'il aille. L'étranger, qui ne conçoit
„ point ce qu'ils lui difent, ne peut entrer

„dans leurs vues. Pour l'en punir ils le
„pouffent trois fois dans un cloaque. Le
„pauvre diable étoit tout esfouflée; je le
„vis au moment qu'il s'échappoit de leurs
„mains. Figurez-vous l'idée que dut a-
„voir cet Italien, d'une nation qui fe glo-
„rifie d'être polie, & qui néanmoins lais-
„fe impunément fa populace faire une ré-
„ception fi cordiale à un étranger, dans
„l'inftant qu'il aborde chez elle. Il faut
„juger de chaque chofe d'après fes effets
„& non d'après fes qualités; celles-ci re-
„gardent feulement ce qui doit être, au
„lieu que ceux-là font le réfultat de l'ex-
„périence. Quel cas doit on faire d'une
„liberté qui donne lieu aux excès de la
„plus horrible tyrannie."

„Je fuis trés perfuadée, Monfieur, que
„la liberté eft le plus grand bien dont
„l'homme puisfe jouir; mais ce feroit une
„abfurdité de penfer qu'elle eft fans incon-
„vénient. Votre excellence parle, non
„de la liberté, mais des abus de la liber-
„té; c'eft là ce qui vous fait préférer un
„gouvernement arbitraire à un autre qui

M 3

„ eſt limité. Cependant quels plus grands
„ maux n'entraîne pas la tyrannie d'un Mo-
„ narque! Quelle affreuſe pauvreté! quel-
„ le miſere parmi tout ce qui eſt peuple!
„ Avec quelle régularité la tyrannie d'un
„ Roi augmente à meſure qu'elle s'étend
„ ſur les claſſes inférieures de ſes ſujets?
„ Semblable à un poids dont la viteſſe aug-
„ mente à meſure qu'il descend, elle tom-
„ be enfin ſur le pauvre avec tant de vio-
„ lence qu'elle l'accable ſous le poids du
„ malheur. D'ailleurs, n'y a t-il pas dans
„ tous les pays de la vile canaille, & dans
„ quelques-uns une canaille plus redouta-
„ ble que celle d'Angleterre? Dans cha-
„ que nation il y a parmi le bas peuple des
„ individus qui deshonorent l'humanité.
„ Le gouvernement peut empêcher les
„ les grands crimes; mais il ne peut faire
„ d'un méchant un homme de bien. Une
„ autre choſe encore qui mérite d'être ob-
„ ſervée, c'eſt que partout on juge du ca-
„ ractere d'une nation par les mœurs des
„ habitans de la capitale, & c'eſt une er-
„ reur très-grande. Partout, les grandes

„villes conti..nnent les plus mauvais fujets
„de tout le pays. Elles attirent les mau-
„vaifes humeurs de l'Etat aufsi fûrement
„que l'aimant attire le fer. C'eft dans
„nos provinces qu'il faut aller, fi l'on
„veut acquérir une connoisfance exacte
„du caractere du peuple ; on n'y voit
„point, ou au moins on y voit très-peu de
„cette vile canaille qui vous révoîte fi
„fort ici."

„ Je vous demande pardon, Madame ; il
„peut fe faire qu'il y ait peu de cette
„forte de populace dans les provinces; ce
„n'eft cependant pas ce que j'ai eu lieu
„d'obferver dans différens voyages que
„j'ai faits de Londres dans les terres de
„plufieurs feigneurs. Partout j'ai vu au-
„tant de brutalité & d'infolence dans le
„peuple qu'à Londres même, relative-
„ment au nombre. Il m'eft arrivé de me
„trouver avec un Seigneur Anglois qui fut
„forcé de céder le pas à deux manans ;
„un voiturier impudent me pousfa moi-
„même dans un fosfé. Durant une cour-
„te réfidence que j'ai faite naguere en Sur-

„ ry, le feul moyen que j'ai imaginé pour

„ me garantir de l'infulte d'une populace

„ infolente a été d'éviter toute rencontre

„ & tout entretien avec elle. Je confide-

„ re ces gens-là comme autant de tigres à

„ qui on laiffe la liberté de dévorer quicon-

„ que vaut mieux qu'eux. Un jour que je

„ me promenois avec Ladi L — une pe-

„ tite levrette fort jolie qu'elle aimoit beau-

„ coup nous avoit fuivis ; nous rencontrâmes

„ trois payfans. La chaîne ne s'ôtant pas

„ asfez promptement du chemin de ces

„ *Seigneurs* , un d'eux la tua avec une

„ brutalité inouïe. Je m'avançai ausfi-tôt

„ pour donner des coups de canne à ce

„ manant; mais tous les trois fe mirent en

„ défenfe avec leurs bâtons , & ils m'eus-

„ fent fait un très-mauvais parti fi je ne me

„ fusfe retiré promptement. Vous jugez

„ bien que j'esfuyai de leur part des inju-

„ res & des malédictions de toute efpece ;

„ il fembloit que ce fût leur langage natu-

„ rel , tant ils y excelloient. C'eft donc

„ là, Madame cette liberté fi defirable ?

„ A quoi bon faire élever ces ferpens par

„la main bienfaifante de la liberté ? n'eft-ce
„pas leur procurer la facilité de percer un
„jour le fein de ceux de qui ils tiennent
„le précieux privilége d'être libres ? ”

Le Marquis continua encore quelque
tems à fe dechaîner avec véhémence contre la liberté Angloife ; il porta fes idées
à l'extrême fans que j'en aie été furprife.
Tous les étrangers qui viennent ici, tiennent le même langage, & penfent qu'on
doit préférer la tyrannie d'un Monarque &
de fa noblesfe à celle d'une vile populace.
Les obfervations que j'ai faites en voyageant dans les endroits où regne le defpo-
tifme , m'ont convaincue que les maux
dont ils fe plaignent ne font que de legers
nuages qui pasfent dans un bel hemisphe-
re, au lieu que dans les pays différemment
gouvernés, toute la vafte region de l'atmof-
phere offre l'aspect d'un ciel ténébreux
fous lequel habitent la mifere & le defes-
poir. Je dois convenir néanmoins que l'infolence de notre petit peuple eft fans borne comme fans exemple, & que la liberté
de fes fupérieurs fera dans le fond aufi

M 5

équivoque, tant que durera cette dangereufe licence, que feroit la fienne fi elle
fe laiffoit fouler comme fait le petit peuple
en France.

Adieu, ma chere Emilie; je fuis toujours votre fincere amie,

JULIE BENSON.

LETTRE XV.

Mr. MELVILLE *à* Mr. FREDERIC

MON ami, elle nous a quittée, &
mon bonheur s'eft enfui avec elle! Tandis
que j'avois le plaifir de la posféder dans
ma maifon, l'amour étoit pour moi une
fource conftante de délices. Les chofes
font bien changées ; au moment qu'elle en
eft fortie, mon cœur a éprouvé une telle
inquiétude, je me fuis vue dans un fi
grand vuide, que je n'ai pu me diffimuler

la violence de ma paffion. Cette femme
eft asfurément la plus aimable de fon fexe.
Voici une nouvelle preuve de la noble générofité qui caractérife toutes fes actions.
Le Lord C. m'avoit promis de fe fouvenir
de mon frere à la prochaine promotion
des officiers. J'envoyai le jeune homme
lui faire vifite dans le desfein de lui rappeler fa promesfe; il en fut accueilli fort
froidement & la promotion s'eft faite fans
qu'il ait été queftion de lui. Peu après on
m'adresfa pour mon frere une commisfion
d'enfeigne dans la cinquante - fixieme lé-
gion & la quinzaine d'après une lieutenance
ayant vaqué, on l'acheta, & le brevet m'en
fut ausfi envoyé. Ces deux événemens in-
attendus me furprirent beaucoup. Comme
j'étois alors à la campagne, je ne pus
aller faire mes remercimens au Lord C.
mais ausfitôt que je fus de retour à la
ville, je volai à l'hôtel du Lord, porté
fur les ailes de la reconnoisfance. Il
fut fort étonné de ce que je lui dis à
ce fujet, & il me dit qu'il n'étoit pour
rien dans tout cela: je me retirai. Il

Il me vint alors dans l'efprit que c'étoit à la générofité de Misf Benfon que j'étois redevable de ces deux brevets. Je me rendis promptement chez elle, & comme je commençois à lui faire mes remercimens d'un procédé fi généreux, elle m'arrêta tout court en me difant:

,, Ne parlez plus de cela, je vous prie ,, Mr. Melville; je vous dois plus de re- ,, mercimens de la maniere noble dont & ,, vous & Mdle votre Soeur en avez ufé pen- ,, dant que j'étois chez vous, que votre ,, frere ne m'endoit pour cette bagatelle."

,, Mais, Madame, c'eft là une généro- ,, fité fans borne . . . elle me confond . . . ,, je . . . ."

,, Si le jeune homme n'eft pas un jour ,, un de nos plus braves officiers, je me ,, reprocherai de m'être intéreffée pourlui."

Je continuai à vouloir lui témoigner ma gratitude; mais elle éluda tout ce que je lui dis à ce fujet. Oh! mon ami, fa maniere de dire & de faire toutes chofes eft ravisfante. Misf Benfon eft la modeftie perfonnifiée.

❀   ❀   ❀   ❀   ❀

Le Vendredi.

Il se présenta hier à ma porte un homme qui demanda à me parler; ayant été introduit il s'informa de Misſ Benſon: je lui dis qu'elle ne demeuroit pas chez moi.

„A quoi bon me la céler , me répondit „il? Cela ne ſignifie rien. J'ai une affai- „re de très-grande conſéquence à lui com- „muniquer; & je ſais très-bien qu'elle „demeure ici."

„Vous pourriez, Monſieur, vous diſpen- „ſer de me parler ſur ce ton. Que ſigni- „fie ce propos, que je cele Misſ Benſon? „Votre desſein eſt-il de me donner un „démenti?

„Il n'eſt pas ici queſtion de diſpute; ſi, „comme je le ſuppoſe, vous êtes ſon ami „particulier, il importe beaucoup que „vous m'introduiſiez auprès d'elle."

„Dites-moi de quoi il s'agit & je me „charge de vous conduire où elle eſt."

„Cela ne peut-être . . . Où eſt-elle?

„Dites-moi d'où vous venez & quelle „affaire vous la fait chercher?"

„Oh! pour le coup il n'y a pas à s'y

„ tromper : le vif intérêt que vous prenez
„ à fes affaires ne me laisfe plus de doute
„ qu'elle ¡demeure avec vous.   Elle eft,
„ je penfe, actuellement dans la maifon?"

   „ Que vous importe encore une fois? Je
„ vous dirois dans l'inftant où elle eft, fi la
„ fingularité de votre demande ne me fai-
„ foit pas foupçonner quelque mauvais des-
„ fein de votre part."

   „ Quelque mauvais desfein!   Quelle eft
„ votre idée, Monfieur? . . . .   Tout ce
„ que je puis vous dire, c'eft que Misf
„ Benfon court de grands risques, & qu'el-
„ le ne peut fe tirer du danger qui la mena-
„ ce qu'en m'ouvrant généreufement fa
„ bourfe."

Le regardant alors comme un impofteur
& comme un homme dont on devoit fe méfier, je le renvoyai brusquement.   La mine finguliere de cet homme & la maniere
dont il s'étoit préfenté chez moi me caufe-
rent de l'inquiétude ; j'allai ausfitôt en
Pall-mall pour inftruire Misf Benfon de
cette aventure & lui demander fi elle ap-
prouvoit ma conduite.   Elle fourit quand

je lui racontai cette affaire, & me dit
qu'elle ne concevoit pas ce que ce pouvoit
être, à moins que ce ne fût un tour de Sir
George Milbourne pour fe venger de ce
qu'elle l'avoit éconduit à l'occafion des Sampher. ,, Je veux," ajouta-t-elle, ,, aller
à Slingston pour voir fi elles n'ont point
,, quelque fujet d'être alarmées." Je m'offris de l'accompagner; elle le voulut bien;
en conféquence elle fit mettre les chevaux
à fa voiture & nous partîmes. Nous trouvâmes la mere & la fille heureufes & tran-
quilles; & la chofe refta-là. Je ne fais
que penfer de cette affaire. Réflexion faite, l'air de cet homme me feroit croire
qu'il avoit réellement quelque chofe à communiquer à Misf Benfon, dont il ne pouvoit peut-être pas me faire part. Je ne
ferme pas ma lettre afin que, s'il arrive
quelque chofe d'extraordinaire je puisfe
l'y inférer.

❧   ❧   ❧   ❧   ❧

Mercredi au matin.

Mon ami, je crains que Misf Benfon ne foit menacée de quelque malheur. Son frere l'a fait asfigner à comparoître devant les juges civils pour conftater la validité des legs que lui a fait Mr. Mellish, & fournir un état des fommes auxquelles ils montent, & ce, en conféquence d'un tefta-ment qu'on a trouvé, dit-on, d'une date pofterieure à celui en vertu duquel elle a hérité de fon oncle. Je lui ai demandé ce qu'elle penfoit de cette affaire, &, d'après ce qu'elle m'a dit, je ne fais point de doute que ce ne foit une friponnerie de la part de fon frere. Il paroît qu'elle a hérité de plus de trente mille livres fterlings, quoi-que, foit dit par parenthefe, je me rap-pelle qu'elle ne m'en avoua que cinq le jour qu'elle vint chez moi. Je ne faurois vous dire la raifon de cette réticence ! El-le dit que fon frere l'a toujours haïe le le plus cordialement du monde, qu'elle ne doute point que fon pere n'en fafe de mê-me, & qu'elle penfe que fon ancien amant, Mr. Slingsby, voudroit bien trouver quel-

que

que moyen pour acquérir des droits fur fa fortune. Elle ne peut comprendre comment ces trois vilains hommes ont pu fe liguer enfemble dans une affaire de cette nature ; mais il eft clair comme le jour que c'eft une infamie ausfi affreufe qu'inouie.

L'étranger qui s'étoit préfenté chez moi, & dont je vous ai raconté la finguliere converfation, avoit furement quelque connoisfance de cette affaire. Je me repens beaucoup à préfent de ne l'avoir pas fait conduire chez Misf Benfon ; mais il n'étoit pas posfible alors de juger différemment de ce que je fis. Je lui ai confeillé de confulter les meilleurs Jurisconfultes fans perdre de tems, & , dans le cas que la chofe foit pousfée plus loin , de retenir les plus célebres avocats pour plaider fa caufe. Elle n'a pas balancé un inftant à prendre ce parti. Il ne paroît pas que cette affaire lui caufe la moindre inquiétude : bien différent d'elle, l'ombre feule de pareilles aventures fuffit pour m'alarmer.

Partie I. N

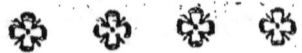

Misf Benfon commence à s'inquiéter.
La demande de fon adverfaire paroît d'autant plus fondée, qu'elle eft appuyée d'u-
ne foule de témoins. Si ce font des coquins
décidés, comme comme elle les fuppofe,
ils peuvent faire tourner cette affaire très-
mal pour elle. Le procès fe décidera en
trois femaines. Je frémis à la feule idée
de la malheureufe iffue que peut avoir
un pareil procès; car il fuppofe dans la
partie adverfe quelque efpoir au moins,
de réuffir dans fon entreprife; & même,
fi l'on confidere avec quelle rigueur nos lóix
puniffent les fauffaires, on doit préfumer
qu'il compte beaucoup fur le fuccés, ou
au moins qu'il ne croit pas qu'il foit poffible de conftater la fauffeté de la piece fur
laquelle il fonde fa demande. Cette aimable femme, quoiqu'effrayée par la connoiffance qu'elle a du caractere dénaturé
de fon frere, ne peut fe perfuader que le
danger foit réel; la juftice inconteftable
de fa caufe & le fouvenir du mépris qu'i

toujours eu Mr. Mellish pour les Benfons
perę & fils, femblent la raffurer. Elle
fait que Mr. Mellish n'a jamais temoigné
d'eftime à perfonne de fa famille qu'à elle.
En un mot, elle eft perfuadée que tout cela n'eft qu'une trame inique & qu'il n'eft
guere poffible que la vérité ne fe découvre
tôt ou tard.

Vous jugez bien que je prens moi-même beaucoup d'intérêt à cette affaire. Je
fuis fans ceffe avec fes avocats pour con-
certer avec eux les moyens de dévoiler ce
miftere d'iniquité, afin de faire échouer
l'odieux projet de fon abominable frere.

Adieu, Mon ami, cette lettre fera bientôt fuivie d'une autre fi je puis avoir un moment à moi.

RICHARD MELVILLE.

LETTRE XVI.

PHILIPPE EGERTON au LORD WILLIAM W ―.

J'AI fait naguere une rencontre dont le

recit mérite toute votre attention. Afin
que vous puisfiez vous former une jufte
idée de la chofe dont il s'agit, je vais vous
en faire un détail ausfi-bien circonftancié
qu'il me fera posfible.

Mardi au foir, me fentant de la gaieté,
j'allai en masque au bal que donnoit notre
cotterie chez Almack. Peu dispofé à prendre part aux impertinences qui dégoûtent
asfez ordinairement de ces asfemblées, j'a-
vois pris feulement un domino afin de pouvoir obferver plus facilement les folies des
autres fans les partager moi-même. Après
plufieurs tours dans la falle d'asfemblée,
je remarquai un masque joliment imaginé
qui jouoit le rôle de Béatrice. Je n'étois
pas le feul dont elle fixoit l'attention; car
j'obfervai une foule de Benedic qui la fui-
voient pas à pas. Son air, fes manieres,
fon maintien avoient quelque chofe de
frappant. Il n'eft pas posfible d'étaler
plus de grace & d'élégance fous un caractere emprunté. Quand je la vis de près,
je us curieux de favoir fi le nombreux
cortege qui la fuivoit, étoit attiré feule-

ment par la beauté de la perſonne, ou ſi ſon
eſprit ſoutenoit un caractere qui ſembloit
avoir coûté tant d'efforts à Shakeſpear.
Je m'approchai prêtant attentivement l'o-
reille, & au moment quelle ſe jouoit en
plein de trois ou quatre de ſes interlocu-
teurs. La vivacité de ſon eſprit m'étonna.
Un masque qui jouoit le rôle de Benedic
crut qu'il ne risquoit rien d'attaquer toutes les Béatrices de l'aſſemblée l'une après
l'autre ; comme c'étoit un jeune homme
bien fait, un élégant, il avoit asſez bien
rempli ſon rôle auprès de deux ou trois
d'entre elles. Dès qu'il apperçut cette
étrangere, il prépara ſes batteries, comptant
bien en triompher comme il avoit fait des
autres ; mals il fut bientôt obligé de faire
une honteuſe retraite. La figure de l'un, la
ſtupidité de l'autre, les mépriſes d'un troi-
ſieme, l'ignorance d'un quatrieme, tout
fut tourné en ridicule & avec un enjouement
ſi admirable & des ſaillies ſi vives que
de tous ceux qui l'avoient attaquée, il n'y
en eut aucun dont la confuſion ne fût ſenſible.

„Béatrice, lui dis je, vous outrez votre

„rôle. Vous oubliez que vous n'avez pas
„encore vu non feulement le Benedick li
bre, mais même le Bénédick époux ; & qui
„diable voudra être le Bénédick d'un tel
„gendarme ?

„Oh ! votre fexe a tant d'efprit que les
„Bénédick croîtront tout d'un coup comme
„des champignons."

„Oui, & ils dureront de même. Vous
les coupez & tranchez avec un couteau fi
bien affilé, vous leur faites une fauce fi
piquante, qu'ils . . . . . ."

„On a beau vouloir leur donner du haut
goût, ils font toujours bien infipides. Mais
vous Monfieur , je penfe que . . . . ."

„Bon moi . . . . vous allez voir tout
„de fuite quel ragoût vous pourrez faire de
„ma cervelle. Mais réprimez un peu, s'il
„vous plaît, cette langue impitoyable, ce-
„la va mal à une bergere ; vous manquez
„votre caractere, fi vous ne montrez celui
„d'une nymphe pleine de douceur."

„Et vous êtes le pauvre foupirant qui a
„befoin qu'on ait de la douceur ?"

„Le tems viendra qu'à ces Sarcasmes

„cruels Béatrice fubftituera un doux ba-
„dinage & un cœur plus fenfible.

„Il eft aifé de trouver des Bénédick qui
„méritent d'être plaifantés; mais où en
„trouver un qui mérite le cœur de Béa-
„trice?"

„Gardez le vôtre, Béatrice; mais fou-
„venez-vous que c'eft une marchandife
„qui n'eft point de garde.

„Fuffé-je forcée de le mettre dans de
„l'eau de lavande pour lui faire reprendre
„couleur comme à un ruban terni; fût-il
„ufé comme la livrée de mariage du
„Benedick de l'ancien tems, je le croirois
„encore asfez bon pour le nouveau.

„Un cœur infenfible ne feroit pas mon
„affaire; fi cependant vous avez autant de
„graces en danfant que vous montrez d'ef-
„prit en converfant, vous ferez ma Beatri-
„ce; vous en donne ma parole." Voulez
„vous que nous danfions enfemble?

„J'accepte volontiers le défi, mais je
„vous quitte d'avance de la récompenfe."

Elle danfa comme un ange . . . . à un
tel degré de perfection, que les yeux des

spectateurs étoient tous fixés sur elle. Je
commençois à lui faire mon compliment
sur la maniere dont elle avoit dansé, lorsqu'une vieille femme en domino s'approcha d'elle, d'une maniere assez gauche,
& lui dit quelque chose à voix basse. Je
prêtai l'oreille & entendis ces mots: „ en
„ *vérité, Miss Benson, cela n'est pas.*"
Cieux! me dis je, surpris au dernier point
en entendant ce nom, aurois-je rencon-
tré ici la charmante Misf Benson du Lord
William! Mon premier mouvement fut de
le lui demander; mais craignant de manquer mon coup, si je poussois la chose
trop vivement, je pensai qu'il étoit plus
sûr, dans l'idée que c'étoit elle, de pous-
ser mon examen ausfi loin que je pourrois,
mais avec discrétion. Je crus pour cela
devoir lui faire interrompre le rôle bruyant
qu'elle avoit pris. „ Voici, lui dis-je
„ gravement, un masque dont la figure res-
„ femble beaucoup à un ami que je laissai à
„ Florence il y a deux ans."

„ Etiez-vous à Florence, il y a deux
ans," répondit elle en se tournant vivement de mon côté!

„Oui, Madame ; j'ai fait en Italie une
„asfez longue réfidence, & c'eft le tems
„de ma vie que j'ai pasfé le plus agréable-
„ment. J'y avois quelques liaifons qui
„me feront cheres tant que je vivrai."

„Avec quelques Béatrices Italiennes, je
„fuppofe ; vous vous fouviendrez d'elles,
„comme font ordinairement les hommes.
„Les Dames Italiennes méritent mieux.'

„Non, Madame, mes liaifons n'étoient
„pas de ces liaifons ordinaires qui ne tien-
„nent à rien ; & elles n'avoient pas pour
„objet les Dames feulement . . . . Mais
„Madame ne connoîtroit - elle point par
„hazard quelques Italiens ?"

„Oui, j'en connois quelques - uns.

„Peut-être avez-vous été en Italie ?

„Cela eft vrai.

„Oh ! me fuis-je dit, je ne puis plus dou-
„ter que ce ne foit là cette Misf Benfon
„dont m'a tant parlé le Lord William.

„Madame a-t-elle été à Florence ?"

„Oui, j'y ai pasfé quelques mois."

„Je ne connois pas d'endroit dans le
„monde où la fociété foit plus agréable.

N 5

„ J'y ai cent anciens amis dont je pourrois
„ vous dire le nom. Me feriez vous la
„ grace de me dire le vôtre ?"

„ Béatrice , Monſieur , pour vous ſer-
„ vir. Je ne ſuis pas du nombre de vos an-
„ ciennes connoiſſances ; ſi vous l'avez cru,
„ vous vous êtes étrangement mépris."

„ Hé bien, Madame, ſi ma demande
„ vous a ſemblé indiſcrete, je vous en de-
„ mande pardon. Mais n'auriez-vous point
„ connu à Florence Mr. & Me. Jenkinſon?
„ J'ai paſſé des heures bien agréables avec
„ eux ; durant mon ſéjour dans cette ville.

„ Je n'ai jamais entendu parler de ces
„ perſonnes.

„ Mr. Mellish, des hommes les plus ſen-
„ ſés & les plus accomplis dont notre ſie-
„ cle puiſſe ſe glorifier étoit auſſi à Flo-
„ rence dans ce tems." Je comptois
qu'elle ſe trahiroit en entendant ce nom ;
je ne me trompois pas, car elle parut fort
agitée ; néanmoins elle me dit :

„ Avez-vous connu Mr. Mellish?

„ Oui, Madame, je l'ai beaucoup con-
„ nu ; jamais je ne me ſuis trouvé avec

„personne dont la conversation fût plus in-
„structive & qui m'ait été aussi profitable."

„ J'ai beaucoup oui parler de ce Mr.
„Mellish; mais, autant que je ne rappel-
„le, il avoit quitté Florence quand j'y
„allai."

„ Il avoit aussi une niece avec lui, qui,
„sans contredit, étoit la plus belle femme
„qui fût en Italie. Si ceux qui la voyoient
„eussent pu échapper au pouvoir de ses
„yeux, ils ne l'auroient pu fait aux
„charmes de son esprit."

„ Quelle formidable femme!

;, Beaucoup plus aimable que formida-
„ble; c'est une femme unique. Un évé-
„nement des plus étranges lui fit quitter
„Florence; elle en partit avec Mr. Mel-
„lish, & je ne l'ai pas revue depuis."

„ Vous étiez, ce me semble, un bien froid
„admirateur de cette femme étonnante,
„puisque vous la laissâtes échapper si fa-
„cilement? Quel est donc cet evéne-
„ment si étrange qui lui fit quitter Floren-
„ce avec tant de précipitation?

„ Si je vous le raconte, Madame, vous

„croirez que c'eſt un roman. Je n'étois
„pas ſon amant déclaré; mais j'ai un de
„mes plus intimes & de mes plus dignes
„amis qui paroiſſoit chez elle ſous ce ti-
„tre, & je prenois beaucoup de part à cet-
„te affaire à cauſe de lui. Cet ami eſt un
„jeune Seigneur," (Ici elle commença
„à treſſaillir,) qui étoit dans le cours
„de ſes voyages; (encore plus) il avoit
„conçu pour elle une paſſion ſi violente,
„(ſon trouble fut alors exceſſif, mais je fei-
„gnis de ne pas m'en appercevoir)„ une
flamme ſi forte & ſi ſincere . . .

„Une flamme ſincere!" a t-elle répli-
„qué avec beaucoup d'emphaſe.

„Une flamme ſincere, Madame! Hé!
„Croyez vous qu'il n'y a point de ſincérité
„en amour."

„Pas beaucoup, Monſieur, dans l'a-
„mour au moins de celui dont vous parlez.
„J'ai entendu obſcurément quelque choſe
„de cette affaire; mais, autant que j'ai
„pu en juger, la dame a été traitée bien
„indignement."

„Elle l'a cru, Madame; Mr. Melliſh

„la crû aussi, & la moitié de Florence à
„pensé de même; mais tous se font trom-
„pés." (Là je l'ai vu s'agiter de nou-
„veau.) „Peut-être n'est ce pas la mê-
„me personne dont nous parlons; l'ami,
„dont il s'agit ici, est le Lord William
„W ——" Malgré ce long prélude, elle fut si fortement affectée en entendant
votre nom qu'elle respiroit avec peine, &
elle eut recours à son flacon.

„C'est lui même, Monsieur, dont j'ai en-
„tendu parler; mais je crois qu'il se fait
„tard . . . ." Elle s'est levée alors pour se
„retirer.

„Avant de vous en aller, permettez-
„moi, s'il vous plaît, Madame, de vous
„éclaircir la chose. Il peut se faire que
„vous vous trouviez par hazard avec cette
„Dame, ou que vous ayiez occasion de
„voir quelqu'un de sa connoissance; ce
„seroit un acte d'humanité de détromper
„une femme d'un si rare mérite. Le Lord
„William n'a eu ni paix ni repos de-
„puis cette malheureuse affaire. Son a-
„mour pour Miss Benson ne s'est pas ral-

„lanti un inftant jusqu'à ce jour. En con-
„féquence il refufe abfolument d'époufer
„un parti très-confidérable, quoique le
„Duc fon pere l'en presfe beaucoup. Il
„vit dans la retraite & mêne une vie mi-
„férable parce qu'il ne peut découvrir ce
„qu'elle eft devenue.

„Vous me pardonnerez de ne pas pren-
„dre à la lettre tout ce que vous me dites
„là. Je connois asfez cette affaire pour
„être convaincue que Misf Benfon a été
„traitée avec la derniere indignité; & il
„eft à croire qu'une femme telle que vous
„la repréfentez, ne doit jamais pardonner
„une pareille infulte."

„Si j'en juge par ce que vous dites, je
„dois croire que vous êtes une intime amie
„de la dame en queftion. Daignez m'accor-
„der l'honneur de vous voir dans quelque
„autre endroit qu'ici; c'eft un acte de jus-
„tice que je vous demande. Je veux fai-
„re cesfer votre prévention en mettant
„fous vos yeux un nombre de lettres dont
„plufieurs font de dates fi anciennes &
„portent un tel caractere de vérité, qu'à-

„près les avoir lues, il ne vous restera
„pas le moindre doute sur son innon-
„cence.

„Je ne vous dissimule pas, Monsieur,
„que je m'intéresse au bonheur de la Da-
„me dont vous parlez.

„Vous avez un moyen bien sûr de la
„voir; c'est d'aller la demander demain à
„midi à sa maison en Pall · mall."

„Je vous donne ma parole, Madame,
„que je m'y rendrai demain à l'heure que
„vous m'indiquez." Après ces mots je
la saluai, & nous nous séparâmes.

Le lendemain je fus à la porte de Misf
Benson à midi sonnant. N'est · il pas bien
extraordinaire, Milord, qu'elle eût sa maison dans une rue si fréquentée, & où elle
eût dû être connue des amis de son oncle,
& que malgré cela aucun d'eux ne sût ce
qu'elle étoit devenue? mais ce n'est pas de
quoi il s'agit maintenant. Je demandai au
domestique qui vint ouvrir si Misf Benson
étoit à la maison? il me dit qu'oui & j'en-
trai. Il me fit passer dans le cabinet des
muses; là je trouvai la plus belle & la plus

charmante femme que mes yeux eusſent
jamais rencontrée. J'eus beſoin dans cet
inſtant de me ſouvenir de la paſſion de mon
ami, pour ne pas devenir moi - même éperdument amoureux. Elle me reçut avec
une grande politeſſe au travers laquelle
perçoit une certaine fierté, telle, ce me
ſembla, que celle d'un Monarque qui donne audience à l'Ambaſſadeur d'un Prince
dont il a conquis les états.

,, Vous ſavez, Madame, l'affaire qui
,, m'attire chez vous. Une dame, la nuit
,, derniere, a . . . . . .''

,, Afin de vous détromper, Monſieur,
,, & vous mettre tout de ſuite au fait, je
,, vous dirài que je ſuis la dame dont vous
,, avez eu l'entretien la nuit derniere.''

,, Ce que vous me dites là, Madame,
,, me fait un plaiſir infini, parce que vous
,, ſerez mieux en état de juger ſi je vous
,, en ai impoſé ou non dans l'expoſé que je
,, vous ai fait.''

,, Vous plairoit-il, Monſieur, de me
,, dire premierement votre nom ?''

,, Sir Philippe Egerton.''

,, Vous

„Vous me permettrez de vous dire,
„Sir Philippe, que je me crois outragée
„de la maniere la plus ignominieufe par
„Lord William W — & que je ne re-
„garderai la démarche que vous faites ici
„comme celle d'un galant homme qu'au-
„tant que vous me dévoilerez le myftere
„dont nous avons parlé cette nuit, d'une
„maniere dont j'aie lieu d'être entiere-
„ment fatisfaite."

„Trouvez bon, Madame, que je vous
„prie de m'inftruire des particularités qui
„vous ont offenfée dans la conduite de
„Lord William; car elles font tout ausfi
„myftérieufes pour lui, que fa conduite
„a pu l'être pour vous; quand vous m'au-
„rez expofé vos griefs, il me fera plus faci-
„le de vous convaincre de la fincérité des
„fentimens de mon ami; j'en ai ici des
„preuves qu'on ne fauroit contefter."

„Avant que je le fasfe, Monfieur, &
„que j'entame cette explication, je defi-
„re favoir la fituation actuelle de Lord
„William, fes fentimens &c."

„Sur cela je puis vous fatisfaire en deux

Partie I.   O

„ mots, Madame. Les raisons de votre
„ départ précipité de Florence lui furent
„ abfolument cachées d'abord, & ce ne fut
„ qu'après un certain tems qu'il apprit
„ quelques particularités qui lui firent foup-
„ çonner quelle étoit la main ennemie qui
„ avoit ourdi cette trame affreufe. De-
„ puis ce tems il n'a cesfé un inftant
„ d'être le plus malheureux des hommes.
„ Il fut attaqué à Florence d'une fievre
„ violente qui l'empêcha d'aller vous join-
„ dre à Venife. Cette fievre, qui le mit
„ au bord du tombeau, dura près d'un
„ an. Un fi cruel contre-tems en fut uni-
„ quement la caufe. Sa maladie l'empê-
„ cha de découvrir ce que vous étiez de-
„ venue. Un chagrin mortel continue à
„ le confumer, & cela fans autre fujet que
„ le malheur qu'il a eu de vous perdre.

„ Comment cela peut il être, Mon-
„ fieur? puisque Mr. Mellish, mon oncle,
„ lui envoya non feulement un cartel, mais
„ traverfa toute l'Italie pour le pourfui-
„ vre."

„ Le Lord William en a été informé,

„ Madame. Mais il y a dans tout ceci
„ une infigne méprife: le cartel ne lui eſt
„ jamais parvenu, ni même la moindre pa-
„ role desobligeante de la part de Mr. Mel-
„ lish. Tandis que Monſieur, votre oncle,
„ croyoit être à la pourſuite du Lord, ce-
„ lui - ci étoit arrêté entre Rome & Flo-
„ rence par les bleſſures qu'il avoit reçues
„ d'aſſaſſins chargés de le faire perir par
„ la même perſonne qui lui avoit fait per-
„ dre votre eſtime & celle de Mr. Mel-
„ lish."

„ Hé! qui peut donc être cet ennemi
„ cruel?

„ Qui, Madame? Une femme de Milan,
„ non d'une brillante réputation, pour di-
„ re vrai. Lord William l'avoit connue
„ plus d'un an avant de vous avoir vue.
„ Il lui avoit fait ſa cour dans la perſuaſion
„ qu'elle étoit véritablement honnête. Sa
„ maniere de penſer n'a jamais été de voir
„ des femmes qui s'écartent des principes
„ de l'honneur; il ne tarda pas à s'apper-
„ çevoir de ſon erreur & il ſe retira. El-
„ le, de ſon côté, voyant évanouir les gran-

O 2

„ des espérances qu'elle avoit conçues, se
„ livra aux transports de la vengeance la
„ plus terrible ; elle paya des scélerats
„ pour l'asfasfiner & prit en même tems des
„ mefures efficaces pour faire cesfer tou-
„ te liaifon entre vous & lui. Il ne lui a
„ jamais été posfible de découvrir com-
„ ment elle est venue à bout de ce dernier
„ projet; mais, d'après ce qu'il a pu en ap-
„ prendre en différens tems, il juge qu'el-
„ le avoit mis dans fes intérêts un homme
„ qui fous fon nom avoit reçu le cartel, &
„ feignoit de fuir devant Mr. Mellish. Il
„ foupçonne ausfi que les différentes let-
„ tres qu'il a écrites à Venife ont été in-
„ terceptées ; il n'en est cependant pas
„ fûr."

„ Je n'en ai jamais reçu aucunes."

„ Il n'est pas douteux que cette femme
„ a des émisfaires auprès de l'un & de
„ l'autre , & qu'elle travaille avec foin à
„ vous tromper ausfi vous, Madame."

„ Je n'ai jamais ouï parler de rien d'aus-
„ fi affreux.

„ Cependant , malgré tout ce que vous

„„m'avez dit, je ne fuis pas entierement
„desabufée, & j'ai peine à me perfuader
„que je n'aie pas un peu à me plaindre.''
    „Voici, Madame, lui ai-je dit en lui
„préfentant mon porte-feuille de quoi le-
„ver tous vos doutes. Il s'agit d'unecor-
„refpondance qui dure depuis plufieurs
„années. J'ai arrangé ici toutes les let-
„tres que j'ai reçues de Lord William de-
„puis plus de trois ans. Les premieres
„font d'une date antérieure au tems où il
„a eu le bonheur d'être connu de vous.
„Vous y verrez fes écarts de jeunefe,
„fes folies, les fecrets de fon cœur expo-
„fés avec toute la franchife & la candeur
„d'une amitié incapable de réferve.
„Croyez-moi; il n'eft perfonne au mon-
„de à qui je voulufe confier ces lettres,
„& encore moins à vous qu'à tout autre,
„fi elles ne devoient fervir à vous faire
„connoître l'état du cœur de Lord Wil-
„liam. Vous y régnez dans ce cœur,
„Madame, avec une puisfance abfolue,
„& il ne falloit rien moins que la certitu-
„de que j'en ai pour que j'aie fait cette

„démarche.   Les lettres font en trop
„grand nombre pour être lues à préfent ;
„je vous les laisferai, Madame & je re-
„viendrai demain les reprendre."

„Je vous dois l'aveu, Monfieur, qu'il
„y a dans votre conduite une candeur qui
„me plaît beaucoup ; je lirai volontiers
„les lettres."

„Misf Benfon, j'ai fu par les converfa-
„tions que j'ai eues avec mon ami, que
„la fupériorité de vos lumieres vous fai-
„foit dédaigner beaucoup de petites mife-
„res dont votre fexe eft ordinairement
„esclave ; me permettrez vous de vous
„faire une queftion qui intéresfe Lord
„William ?"

„Faites, Monfieur, faites."

„Votre cœur eft - il ausfi libre de tout
„autre engagement que lorsque mon ami a-
„voit le bonheur d'être bien dans votre
„esprit ?"

„Je vous en donne ma parole d'honneur.
„L'idée de l'injurieux traitement que je
„croyois avoir reçu de lui m'a caufé une
„antipathie pour tous les hommes qui ne
„s'eft pas rallentie un inftant."

„Cela me fuffit, Madame.”

„Je vous avouerai, Sir Philippe, que j'ai
„remarqué dans le réçit que vous venez de
„me faire, une circonftance qui m'a gran-
„dement déplu: c'eft la grande envie qu'a
„le Duc de marier fon fils avec une riche
„héritiere.

„Cela ne doit pas vous donner la moin-
„dre inquiétude. Le Duc ne defiroit ce
„mariage, que parce qu'il fuppofoit fon
„fils fans efpoir de vous découvrir , &
„fans autre inclination. Tout ce qu'il fait
„de fon hiftoire avec vous, c'eft qu'il a
„eu une liaifon avec une dame à Floren-
„ce, & fur cet article il lui avoit donné
„carte blanche. Ce n'eft que depuis qu'il
„a appris que cette liaifon étoit abfolu-
„ment rompue, qu'il l'a presfé de fe dé-
„cider pour quelque autre. Le Duc, qui
„eft le plus indulgent des peres, m'a dit
„plus d'une fois qu'il feroit fatisfait fi Lord
„William époufoit une femme aimable,
„quand même elle n'auroit pas un fchel-
„ling; mais qu'il ne pouvoit qu'être fur-
„pris de le voir refufer un mariage très -

,,avantageux avec une femme d'un vrai
,,mérite, n'étant attaché à aucune autre."

La conversation avoit déjà duré longtems
lorsqu'on eſt venu annoncer à Miſſ Benſon que le dîner ſeroit prêt dans un quart
d'heure. Elle m'a invité à reſter, & j'ai
accepté l'offre ſans balancer. Elle a paſſé dans ſon cabinet de toilette & m'a laiſ-
ſé m'amuſer avec ſes livres.

C'eſt avec une ſatisfaction infinie que je
vous fais mon compliment de la découverte que j'ai faite dè cette femme admirable.
Elle eſt vraiment digne de vous. Sa beauté eſt raviſſante; mais ſon maintien, ſes
graces ſont au deſſus ſelon moi des charmes de tous les viſages de l'univers. Ce
qui ſurprend encore plus en elle, c'eſt ſa
converſation. Quelle étonnante ſupériori-
té elle a à cet égard ſur notre ſexe comme ſur le ſien! Sans paroître s'en apper-
çevoir elle montre un bon ſens dont on n'a
pas même d'idée. Ce ſont des connoiſſances de toute eſpece, une pénétration,
une fineſſe de tact qui, indépendamment
de la vivacité de ſon eſprit, ſuffiroit pour

vous juftifier pleinement à mes yeux , &
qui ne peuvent manquer de vous juftifier
à ceux ausfi de votre pere.

Après le dîner Misf Benfon me raconta
différentes particularités relatives à leur
départ de Florence qui toutes conftatent
que Zaffini eft l'auteur de tout le mal qui
eft arrivé. Je vous les raconterai quand
j'aurai plus de tems. Je me hâte de faire
partir cette lettre dans la perfuafion qu'elle vous fera plus de plaifir qu'aucune que
vous ayiez jamais reçue de votre ami ,

PHILIPPE   EGERTON.

LETTRE XVII.

Au même.

L'EMPRESSEMENT que j'eus de
faire partir ma derniere lettre , m'empêcha de vous communiquer le projet que

O 5

j'avois formé de procurer au Duc votre pere la connoisfance de Misf Benfon. Oh! il eft certain que c'étoit ce qu'on pouvoit imaginer de mieux que de lui faire connoître la femme charmante en qui vous avez placé toute votre affection.

Dès le lendemain de la vifite que je fisà Misf Benfon j'allai le voir. Il y avoit quelque tems que je n'avois été chéz lui." „Hé bien, Sir Philippe," me dit le bon vieillard, après que je l'eusfalué „les ca- „prices de mon fils ne peuvent le laisfer „deux heures de fuite dans la même pla- „ce: il m'écrivit, il n'y a pas trois femai- „nes, qu'il pasferoit trois mois à Pa- „ris, & hier au foir, j'ai eu une autre „lettre de lui où il m'annonce qu'il eft fur „le point de partir pour Montpellier, & „qu'il eft incertain s'il n'ira point en Ita- „lie avant la fin de l'année. Ecrivez, je vous „prie, à votre ami, & dites-lui que l'hé- „ritier d'un duché & le répréfentant d'u- „ne province d'Angleterre ne devroit pas „pasfer tout fon tems en France & en „Italie."

„Je souhaite autant que vous qu'il re-
„vienne ici & s'y fixe pour toujours, mais
„cela ne peut-être à moins qu'il . . . . ."

„Qu'il ne prenne un engagement sé-
„rieux. Les jeunes gens de son rang doi-
„vent se marier de bonne heure. Quand
„on est d'un grand nom, comme il est,
„combien n'importe-t-il pas à toute sa
„famille qu'il ait des héritiers afin que le
„titre se conserve dans sa maison. Il y a
„Ladi Henriette . . . . ."

„Je connois votre fils, Milord; jamais
„il ne se mariera, s'il n'a la liberté de choi-
„sir lui-même son épouse."

„J'aimerois mieux le voir choisir lui-
„même, que d'être forcé de choisir pour
„lui; mais, puisqu'il ne veut faire aucun
„choix, il faut bien qu'il consente à celui
„que j'ai fait. L'honneur de la famille
„exige qu'il prenne une femme, dût-ce
„être dans un rang inférieur au sien."

„Vous vous rappelez sans doute, Mi-
„lord, l'engagement que contracta votre
„fils durant son séjour à Florence. L'ob-
„jet qui captiva alors son cœur y regne

„ toujours avec un empire abfolu. C'eft
„ la femme la plus accomplie de fon fie-
„ cle, d'une ancienne famille & qui doit
„ posféder un jour une fortune confidéra-
„ ble. Après cela il ne doit pas vous pa-
„ roître étrange que vous ne puisfiez dé-
„ terminer Lord William à donner fa main
„ à une autre.

„ Ce n'eft plus là un obftacle. J'aurois
furement été charmé de ce mariage,
quoique, à vous dire vrai, la defcription qu'il m'a faite de cette amante, me
paroisfe fi outrée, que j'ai peine à croire
le portrait resfemblant. D'un autre côté, on
„ ne fait ce qu'elle eft devenue, ni où la
„ prendre; peut-être eft-elle morte: en
„ un mot, il n'eft plus queftion d'elle."

„ La vifite que je vous ai fais aujour-
„ d'hui eft pour vous communiquer quel-
„ que chofe de relatif à cette affaire. Il
„ n'y a point d'homme plus malheureux
„ que l'a été jusqu'à ce jour Lord William
„ à caufe de fon amour pour Julie Benfon.
„ Il y a fi longtems qu'il a entendu parler
„ d'elle, qu'il ne lui refte plus d'efpoir,

„autant que je puis croire, d'avoir jamais
„de ſes nouvelles; malgré cela elle con-
„ſerve un tel aſcendant ſur ſon cœur qu'on
„ne le fera jamais conſentir à en épouſer
„une autre . . . Mais, Milord, Miſſ
„Benſon eſt à Londres; un heureux ha-
„zard me l'a fait rencontrer."

„Cette nouvelle me comble de joie,
mon cher ami," m'a dit le Duc en preſſant
ma main dans les ſiennes.

Alors je lui ai fait le détail du bal maſ-
qué & de la rencontre de Miſſ Benſon,
lui aſſurant que le portrait que lui en avoit
fait ſon fils, n'avoit rien d'exagéré. Le
bon vieillard étoit dans le raviſſement &
m'interrompoit à chaque inſtant pour me
faire mille queſtions. Dès que j'eus fini
mon récit, „allons, mon cher Sir Philip-
„pe, allons, il faut que vous me meniez
„tout à l'heure chez Miſſ Benſon; je veux
„ſans plus tarder, lui demander ſa main
„pour mon fils."

„Mon deſſein, Milord, en venant ici,
„a été de vous mettre à portée de juger
„par vous-même du ſage diſcernement de

„ votre fils. Mais peut-être y auroit-il
„ trop de gêne dans cette visite, si elle
„ vous connoissoit; c'est pourquoi je suis
„ d'avis, quand nous l'irons voir, de vous
„ presenter comme un de mes amis qui de-
„ sire avoir le plaisir de l'entretenir. Com-
„ me vous n'êtes pas un jeune homme,
„ elle ne verra en cela rien de singulier;
„ il faut seulement que vous soyez habillé
„ comme un simple particulier, sans cor-
„ don ni étoile. Adieu, Milord, je vien-
„ drai vous prendre demain matin.

„ Non, par D—, Sir Philippe; ce se-
„ ra tout à l'heure s'il vous plaît."

Disant ceci il changeoit d'habit; nous
prîmes donc le chemin de Pall-mall. Miss
Benson étoit heureusement chez elle. Je
lui présentai mon ami Mr. Bembridge,
comme un homme qui, ravi de ce qu'on
lui avoit raconté d'elle, souhaitoit de faire
sa connoissance. Elle se tint moins sur la
réserve que je ne croyois, & je crus m'appercevoir que la lecture de vos lettres n'a-
voit pas peu influé sur sa bonne humeur.
Sa conversation étoit d'autant plus agréa-

ble, que les raisonnemens les plus solides
ne lui coûtoient aucun effort & sembloient
se présenter d'eux - mêmes; elle les asfai-
noit de mille saillies pleines d'esprit & de
finesse. Le Duc disputa avec elle sur le
mérite des poëtes Italiens. Elle montra
d'abord que le Tasse n'étoit pas au - des-
sous du Dante & de l'Arioste; elle fit ensuite une excellente critique de l'auteur
qu'elle venoit de défendre, en faisant
voir qu'il étoit un imitateur servile de Vir-
gile. De la littérature nous passâmes à
l'état actuel des pays ou elle avoit voyagé.
Elle fit plusieurs remarques judicieuses &
originales sur les caracteres des différentes
nations de l'Europe. La françoise étoit,
selon elle, celle qui savoit répandre le
plus d'agrément sur les scenes variées de
la vie. Le Duc n'en convenoit pas, &
cette différence de sentimens occasionna
une vive contestation, qui, autant que je
pus voir, amusa beaucoup votre pere.

"Mais, disoit le Duc, quelque supé-
"riorité qu'on suppose aux François dans
"l'art de se rendre la vie agréable, je pen-

„ſe, Madame, que les Anglois le poſſe-
„dent encore mieux qu'eux. Ce n'eſt qu'ici
„que ſe trouve la véritable liberté & ces
„ſentimens fiers & généreux qui hono-
„rent l'humanité."

„Je ſuis moins prodigue de louanges
„que vous pour mon pays. On ne peut
„diſconvenir que dans la conduite des
„Anglois on voit une fierté intrépide &
„une liberté fantasque dans toutes leurs
„actions, dont on n'a pas même d'idée
„chez les autres nations. Des ſentimens
braves & généreux doivent naturellement
reſulter de la liberté; cependant il n'eſt
aucun pays en Europe ou l'on trouve tant
d'exemples de puſillanimité & même de
basſesſe. Cette liberté qui donne de l'é-
nergie à toute ame noble, facilite auſſi
l'esſor du vice dans toute ame foible ou
méchante; les unes & les autres ſuivent
leur penchant ſans gêne, & de leur enſem-
ble ſe forme ce compoſé étrange, qu'on
nomme *la nation Angloiſe*, dans lequel,
tout bien compenſé, il y a bien autant à
blâmer qu'à loüer. Et ne ſeroit-ce pas
                                    inſul-

infulter à la providence de fuppofer qu'elle a renfermé dans cette petite Isle tout ce qu'il y a de bon & de grand. Je penfe avoir obfervé avec une fcrupuleufe attention les François, les Italiens, les Allemands, les Hollandois, & il m'a paru que chacun d'eux avoit des avantages particuliers que les autres ne peuvent leur contefter.

Le Duc recueilloit avec une avide attention tout ce qui fortoit de fa bouche. L'envie de favoir fa maniere de penfer fur autant de fujets qu'il étoit posfible lui faifoit fouvent changer de converfation. Il parla entre autres chofes, de la conduite de l'homme dans la recherche du bonheur ; il ne pouvoit toucher une corde dont Misf Benfon eût pu tirer de fons plus harmonieux. Elle tourna en ridicule d'une maniere honnête & vive, et cependant pleine de chaleur la marche ordinaire de l'homme dans la carriere de la vie, plaifantant beaucoup fur l'idée de bonheur qu'il attachoit à la débauche, au fafte & aux inquiétudes de l'am-

bition. ,, L'état qui approche le plus
,, du véritable bonheur, difoit cette fem-
,, me adorable, eft une certaine médio-
,, crité dans laquelle, on jouit des aifes
,, de la vie, en tenant toujours loin de foi
,, l'ambition & la débauche. La philo-
,, fophie fublime d'Epicure n'eft le parta-
,, ge que de ceux qui fuient les plaifirs
,, bruyans : mais les doctrines les plus
,, modernes, fondées, ce femble, fur ces
,, principes , s'en écartent abfolument."
,, Le luxe dévorant & la profufion fans
,, bornes de ce fiecle tuent tous les plaifirs
,, de la vie & détruifent tout fyftême qui,
,, dans la fpéculation, promet le bonheur.
,, Toute nation qui fe pique de rafinement,
,, donne dans des excès extravagans & il
,, n'eft point de vices & de folies dont el-
,, le ne foit capable. Je ne fais fi une éco-
,, nomie décente & bien réglée n'eft pas
,, aujourd'hui le *fummum bonum* de la vie
,, humaine.

Ces idées de Misf Benfon, expofées
fans la moindre affectation & avec une
modeftie fans exemple, faifoient une fi

vive impreſſion ſur votre pere que je craignois à chaque inſtant qu'il ſe fît con-noître; afin de l'en d'empêcher, je la priai de vouloir bien exécuter quelque piece de muſique ſur ſon claveſſin. Elle jouá ſur cet inſtrument pluſieurs airs favoris de votre pere, qu'elle accompagna de ſa voix pendant près d'une heure & cela avec tant de goût & d'expreſſion que le Duc avoit peine à en croire ſes oreilles. Il ne fut pas difficile de lui perſuader de reſter à dîner. Miſſ Benſon tenoit une bonne ta-ble, montrant en cela, comme en toute autre choſe la délicateſſe de ſon goût. Tout étoit excellent, mais ſans profuſion. La converſation fut gaie, & inſtructive. Mr. Bembridge témoigna de l'étonnement de ce qu'une jeune perſonne, avec tant de beauté, d'eſprit, de connoiſſances, de talens de toute eſpece, & outre cela riche, vivoit ſeule, tandis qu'elle poſ-ſédoit, dans le dégré le plus éminent les qualités propres à faire le bonheur d'un honnête homme. ,, Vous vous méprenez ,, très-fort,'' lui répondit-elle; ,, je ſuis

,, tranquille & contente maintenant ; mais
,, quel moyen de favoir fi mon époux le
,, feroit ; d'ailleurs la coutume d'être ma
,, maîtresfe m'a fait contracter de mau-
,, vaifés habitudes qui cadreroient mal
,, avec les procédés ordinaires de votre
,, fexe. Jamais je ne me marierai, ou
,, je changerai bien de réfolution."

,, Au nom de Dieu, Madame, chan-
,, gez - en bien vîte, ou vous rendrez mon
,, fils le plus miférable des hommes.

,, Votre fils!

,, Il m'eft impoffible de feindre plus
,, longtems ; vous voyez, Madame, le pe-
,, re de l'homme le plus malheureux du
,, monde, de Lord William W. —— qui
,, n'a jamais en une minute de plaifir de-
,, puis qu'il vous a perdue."

,, En vérité, Milord, ma furprife eft
,, fi grande que je ne fais quelle répon-
,, fe vous faire ; cette maniere de vous
,, cacher ainfi eft . . . . ."

,, Aimable Misf Benfon, j'ai pris un
,, perfonnage emprunté, afin de me con-
,, vaincre pleinement de la vérité du ré-

,, cit de mon ami, Sir Philippe Egerton, &
,, des defcriptions que m'a fait de vous mon
,, fils. Permettez - moi de vous dire, Mada-
,, me que je ne crois pas qu'il y ait fur le
,, globe, d'homme plus heureux que je le
,, fuis dans cet inftant. J'ai maintenant fous
,, les yeux la preuve la plus convaincante
,, du bon fens de mon fils, de la délicatesfe
,, de fon goût & de l'élévation de fes fen-
,, timens. Il a confacré fon cœur & fa vie
,, à une femme digne des vœux du plus
,, grand Seigneur de la grande Bretagne."
  ,, Je ne fais ce que . . . . . Milord
,, ... Votre Grace m'excufera . . . .
,, (avec quelque confufion).
  ,, Mais, Misf Benfon, mon fils eft - il
,, heureux ? Pardonnez - moi cette de-
,, mande indifcrete en faveur de mon â-
,, ge. Etes - vous entiérement détrompée
,, du vil ftratagême qui l'a noirci dans
,, votre efprit ? A - t - il repris quelque
,, ascendant fur votre cœur ? Souffrez
,, l'inquietude d'un pere qui defire ardem-
,, ment le bonheur d'un fils qu'il aime
,, et qui mérite fon amour. Soyez vraie :

P 3

„dites-moi, Misf Benfon-ce que Lord
„William doit efpérer? Vous êtes l'ar-
„bitre de notre fort . . . du fort de no-
„tre famille."

„Vous me rempliffez de confufion, Mi-
„lord; je ne fais que vous répondre; mais
„croyez que j'ai la plus haute eftime
„pour votre fils, & que je fuis convain-
„çue qu'il a été cruellement calom-
„nié."

„Cette réponfe met le comble à ma
„joie. J'ai dépêché un exprès à Wil-
„liam au midi de la France: l'amour lui
„prêtera fes aîles pour voler en Angle-
„terre; il n'eut jamais pu contracter
„une alliance qui fût autant de mon goût.
„Je vous demande l'agrément de vous
„rendre mes devoirs ausfi fouvent que
„vous pouvez accorder cette faveur à
„un homme de mon âge. Je vous con-
„fidere comme ma fille, & une fille
„qui me fait honneur."

Jamais je n'ai vu votre pere dans un
pareil ravisfement. Les larmes cou-
loient en abondance fur les joues de

l'aimable Julie. Que cette fcene étoit
touchante! Combien je defirai que vous en
fufſiez témoin ! Le Duc , ne pouvant ex-
primer à quel point il étoit affecté , quitta brusquement la maiſon , & m'emme-
nant avec lui , retourna à ſon hôtel. Je
voulus me retirer ; il s'y oppoſa : il avoit
befoin de quelqu'un pour épancher ſa
joie & s'entretenir d'une fcene qui lui
cauſoit la plus vive fatisfaction. Il eſt
enchanté de Misſ Benſon. ,, Il a peu vu
,, d'hommes - dit - il , qui aient autant de gé-
,, nie qu'elle ; peut - on avoir une plus forte
,, preuve de ſon jugement incomparable
,, que toutes les connoiſſances qu'elle a
,, fait paroître s'en prévaloir le moins du
,, monde ? Je n'aurai point de repos que
,, Lord William ne foit ici , & qu'il n'ait
,, fait ſon bonheur & le mien en l'épou-
,, ſant.''

Je ſuis bien - aiſe que vous ſoyez in-
ſtruit de cela avant votre arrivée à Londres. Ma lettre vous ſera remiſe à vôtre paſſage à Paris. Je ne doute pas que

vous ne fasfiez toute la diligence posfible pour vous rendre ici.

Adieu &c.

PHILIPPE EGERTON.

LETTRE XVII.

Mr. MELVILLE à Mr. FREDERIC,

JE crois vous avoir raconté qu'il s'étoit préfenté chez moi un homme fingulier qui vouloit parler à Misf Benfon & que fa phyfionomie & fes propos m'avoient donné de l'inquiétude; elle n'étoit que trop fondée, mon ami, cette inquiétude! la plus aimable des femmes vient d'esfuyer les plus terribles effets de la vengeance.

Misf Benfon a perdu fon procès, & avec lui toute fa fortune & même plus; car fon frere exige des dommages & intérêts,

prétendant qu'elle a diffipé huit mille livres fterlings des fonds de fon bien. Cette demande & beaucoup d'autres lui ayant
été faites dans un tems où l'excès de
fon infortune lui tournoit la tête, elle eft
reftée au pouvoir de cet homme féroce,
qui, fans perdre de tems, l'a fait mettre
en prifon. C'eft par aventure que j'ai
été inftruit de ces particularités. Mon
desfein étoit bien de me trouver au jùge-
ment du procès, mais des affaires im-
prévues m'obligerent de m'abfenter de
la ville. Quand, à mon retour, je fus
chez Misf Benfon en Pall-mall une vieille femme que je n'y avois jamais vue,
vint m'ouvrir la porte. Je demandai fi
Misf Benfon étoit chez elle. ,, Cette
maifon,'' me répondit la vieille forciere,
,, ne lui appartient plus; elle eft en prifon
,, parce qu'elle doit plus qu'elle ne fauroit
,, payer.''

Jugez, mon cher ami, quel déchire-
ment de cœur me caufa cette nouvelle.
Une étrangere eût vivement excité ma
pitié dans une pareille conjonĉture; quel-

P 5

le impreſſion dut donc me faire cette idole
de mon ame qui paſſoit d'un état d'aiſance
& même d'opulence, d'une vie pleine de
douceurs & d'élégance, à une affreuſe
priſon, ſans un denier, dans la dépendance
d'autrui , & chargée d'une dette auſſi
conſidérable que celle de huit mille livres ſterlings ! Il y avoit dans tout cela quelque choſe de ſi navrant que j'en
frémis d'horreur.

Après ce que venoit de me dire cette
vieille , je courus chez le procureur de
Miſſ Benſon pour ſavoir poſitivement la
vérité. Il me dit qu'il étoit vrai que ſon
frere avoit gagné ſon procès d'emblée,
& que cela devoit être, vu le grand nombre de témoins qu'il avoit fait entendre,
ce qui ne laiſſoit aucun doute touchant
la validité du teſtament qui a donné lieu
à ſa demande, en un mot qu'il ne reſtoit
aucun eſpoir à Miſſ Benſon. Ce procureur fut aſſez humain pour témoigner la
plus vive indignation contre ce monſtre,
qui, non content de ſe voir adjuger tout
ce que poſſédoit ſa ſœur, une ſœur uni-

que, l'avoit fait emprifonner pour une
fomme qu'elle ne fera jamais en état
de payer. Je quittai bien vîte le procureur pour courir au déteftable donjon
qui renfermoit le plus beau chef-d'œu-
vre qui foit forti des mains de la nature. Le geolier refufa de me conduire
à l'endroit où elle étoit détenue, difant
avoir des ordres exprès de fa part de ne
permettre à perfonne, fous quelque pre-
texte que ce fût, de la voir; il eût dû
ajouter ausfi qu'elle le payoit pour cela.
Je lui préfentai une guinée; il n'en voulut point : je lui en offris deux, trois,
jufqu'à cinq; il fut inexorable. Je lui
fis beaucoup de menaces , &, après lui
avoir repréfenté l'injuftice de fon refus,
je lui proteftai en jurant que j'allois dès
ce moment le pourfuivre juridiquement.
Cet homme, perfiftant dans fon refus,
me fit faire des réflexions. Il faut bien,
me dis-je, qu'elle ait donné ces ordres
au geolier afin de fe fouftraire aux yeux
des curieux , dont la préfence ajouteroit
à fes maux, loin de les diminuer. A

quoi bon la voir à moins que ce ne foit
pour lui annoncer fa délivrance. Sans
cela que viens-je faire ici?

Aprés ces réflexions je quittai la prifon & retournai chez fon procureur pour
lui demander l'adreffe du chargé de pro-
curation de Mr. Benfon, réfolu de payer
les huit mille livres fterlings, auffi-tôt
que je pourrois me procurer cette fomme, foit en vendant, foit en hypothé-
quant ma terre du Berkshire. Je me rendis en conféquence chez ce dernier &
lui déclarai que je me rendois caution
dès ce moment de la dette de Misf Benfon; mais cet homme me répondit d'un
ton peu civil, comme fi la chofe lui eût
déplu, qu'elle étoit payée. Par qui",
lui dis-je, plein de furprife? Par Sir
Philippe Egerton," répliqua-t-il.

Nouveau fujet d'alarme! Qui eft ce
Sir Philippe Egerton, me dis-je? Combien y a-t-il qu'il la connoît. Il faut
qu'il foit intimement lié avec elle, ou
autrement qu'il en foit fortement épris;
fans cela il n'auroit pas payé une fomme

fi confidérable. Sans doute qu'il l'a vue
et l'a déjà emmenée en triomphe de fa
prifon. Où l'aura -t-il conduite? Dans
fa maifon fans doute. Il fera fon ami,
fon bienfaiteur, fon . . . . . . Oh! je ne
puis foutenir cette idée! Je fuis defes-
péré.

L'efprit bouleverfé de ce contre-tems,
je retournai chez moi. Je pasfai la nuit
entiere à imaginer quelle mefure je pren-
drois, fans approuver aucun des plans
que j'avois combinés. Le lendemain je
retournai à la prifon ; le geolier m'informa qu'elle étoit fortie le foir précédent.
,,Avec qui?" . . . . . ,, Avec un Monfieur
qui l'a emmenée dans fa voiture." Je
vous avourai que je donnai de bon cœur
au diable le Monfieur & la voiture.

Quant à moi, ,, ajouta cet homme, de
,, ma vie je n'ai vu une femme fi étrange;
,, elle defiroit ausfi ardemment de refter
,, en prifon que jamais perfonne ait defiré
,, d'en fortir. Ce Monfieur vint deux
,, fois fans la voir; elle me fit dire à cha-
,, que fois qu'elle n'étoit pas vifible; il fe

„présenta une troisieme avec un ordre
„pour moi de le faire entrer; il la vit
„alors; mais elle ne voulut sortir, & elle
„lui dit positivement qu'elle ne sortiroit
„pas. Force lui fut de se retirer sans l'em-
„mener; mais il ne tarda pas à revenir
„avec un autre ordre qui me déchargeoit
„de la garde de cette dame."

Je ne comprenois rien dans le récit
de cet homme, tant je le trouvois étrange. Je lui demandai s'il connoissoit celui
qui l'avoit emmené, & s'il savoit l'endroit où il l'avoit conduite. Il me répondit que non. Je courus de nouveau en
Pall - mall, espérant trouver quelqu'un à
sa maison qui me donneroit de ses nouvelles. Sa femme de chambre vint m'ouvrir la porte; je m'informai bien vîte
de ce qu'étoit devenue sa maîtresse, &
après plusieurs questions que je lui fis,
tout d'une haleine, je sus qu'elle étoit
revenue la veille sur le soir; mais qu'elle étoit sortie le matin & qu'on l'attendoit pour le dîner. Oh! voilà quelque
chose de bien étrange, de bien myste-

rieux! quel eft cet Monfieur qui l'a fait
fortir de prifon & l'a remife dans fa maifon? Mon ami je ferai fur le gril jufqu'à ce que j'aie trouvé le nœud de cette énigme.

Adieu, je vous écrirai dès que j'aurai
fait quelque nouvelle découverte.

Je fuis &c.

RICHARD MELVILLE.

LETTRE XIX.

MISS BENSON à EMILIE WATSON.

Canefield, Herts.

CETTE lettre, ma chere Emilie, contient une hiftoire qui vous fera déplorer
fûrement le fort de votre amie. Ma fortune a éprouvé la plus funefte révolution;
je fuis moi-même dans le dernier étonnement quand j'y penfe.

Un procès que j'ai eu avec mon frere m'a empêché d'être aussi exacte que je l'avois toujours été à répondre à vos lettres. Dans ce procès il n'étoit question de rien moins que de tout le bien que m'a légué Mr. Mellish, qu'on a fait monter à huit mille livres & plus, au - dessus de sa valeur réelle. La prétention de mon frere est fondée sur un testament d'une date postérieure à celui en vertu duquel j'avois hérité. Cet écrit est supposé, ma chere Emilie ; rien de plus clair que mon frere est un faussaire si jamais il en fut. Tous ceux qui ont connu mon oncle savent très - bien qu'il étoit un homme incapable d'un aussi affreux procédé que celui de me flatter de l'espoir d'une ample fortune & ensuite de me laisser dans la misere ; & encore en faveur de qui ? d'un homme qu'il a toujours dédaigné & traité avec mépris, malgré la douceur & la bonté de son caractere. Oh ! je suis bien persuadée que ce sont des coquins du premier ordre qui sont les auteurs de ce testament.

Mon

Mon frere a fait valoir fa prétention au moyen de plufieurs faux témoins qui tous ont dit ce qu'il a voulu, il a ainfi donné de l'authenticité au teftament fuppofé; de façon que fa demande lui ayant été adjugée, il m'a dépouillée de tout & il réclame encore huit mille livres fterlings. Non content de m'avoir tout ôté, comme je ne pouvois lui payer cette fomme, il m'a fait mettre en prifon.

Cette atrocité de fa part ne m'a du tout point étonnée: fachant très-bien qu'il ne devoit fon fuccès qu'à la plus infâme fcélératesfe, il étoit naturel que je penfasfe qu'il ne laisferoit échapper aucune occafion de m'accabler de maux, dans l'efpérance fans doute que je fuccomberois fous le poids de mes malheurs, & qu'il verroit promptement la fin de mes jours; d'autant plus encore que, tant que je vivrai, il ne croira jamais posféder fûrement un bien qu'il a acquis par une voie injufte.

Il vous eft aifé de juger, ma chere Emilie, ce que j'ai dû resfentir quand

on m'a enlevée de ma maison, où j'étois
avec tous les agrémens possibles, pour me
transporter dans un affreux donjon. Des
idées de toutes sortes se présentoient à
mon esprit; je ne pouvois prendre de résolution ; jamais perplexité ne fut pareille à la mienne. Dans un moment la
pensée de passer mes jours dans la prison me faisoit frémir d'horreur ; le mo
ment d'après, cette même prison n'avoit
plus rien d'affreux , quand je pensois
que je ne la pouvois quitter sans mener
une vie précaire ; sans être ou exposée
à la risée de mes ennemis, ou à charge à mes amis. La prison étoit pour
moi un état de bonheur, comparé à ce
raffinement de misere qui est le partage
de tant de gens qui semblent jouir de la
liberté. Je méditai sur mon sort aussi
profondément & avec autant de présence
d'esprit que ma situation le permettoit.
Quel fut le résultat de mes réflexions ?
je l'ai oublié; mais je me rappelle très -
bien que la pensée de terminer tout d'un
coup ma misere & ma vie m'occupa beau-

coup. Il faut ausfi que je vous avoue que ce ne fut pas fans frisfonner d'horreur.

Je ne trouve pas furprenant que les miniftres de la religion condamnent le fuïcide ; cependant il ne me paroît nullement contraire aux principes d'une faine philofophie. Perfonne, dit-on, n'a le droit de difpofer de fa vie. C'eft là un vrai fophisme. Qu'on me dife donc quel droit on a fur la vie des criminels, ou quel eft celui d'une armée fur une autre quand elles vont fe masfacrer ? La force feule forme leur droit ; mais l'ufage de cette force eft-il donc plus condamnable dans une femme qui met fin à fa malheureufe exiftence que dans les hommes qui fe prétendent autorifés par leurs loix fanguinaires & leurs fyftêmes cruels à fe couper la gorge les uns aux autres. Rien de plus ridicule que de faire contre une action des objections également applicables à mille autres qui font ordinaires, & qui loin d'être condamnées, font commandées.

Je craignois qu'on ne vînt me voir à

ma prifon. Je vous ai raconté dans ma
derniere lettre la vifite finguliere que m'a-
voit fait le Duc de . . . . dans ma maifon, & la converfation que j'avois eue
avec lui & Sir Philippe Egerton. Je jugeai d'après cette converfation, & même
je regardai comme fûr, que cette vifite
m'en occafionneroit d'autres dans ma prifon qui feroient pour moi un grand fujet
d'affliction. Je vous dirai franchement, ma
chere Emilie, que je fais un cas infini du
Lord William, de fes parens & de fes
amis. Pendant qu'ils venoient chez mon
oncle durant notre fejour à Florence, je
les connoiffois tous. Mais quelle infortune j'ai éprouvé depuis ! quel changement dans ma fituation! J'ai perdu jufqu'au plaifir que j'avois en penfant à ma
réconciliation avec Lord William lorfque
j'étois en posfesfion de ma fortune & que
mon état annonçoit l'indépendance. C'en
eft fait maintenant ; je renonce à tout engagement ; non, je ne fouffrirai pas qu'on
m'en parle davantage ; il ne me refte plus
rien de ce qui me rendoit refpectable

aux yeux du monde . . . accablée de dettes . . . en prifon . . . j'ai trop d'orgueil pour fouffrir la pitié humiliante de ceux qui font inftruits de cette affaire . . . non, non, c'eft une chofe que je ne faurois fupporter.

Remplie de cette idée, je réfolus d'engager le geolier de ne permettre à qui que ce foit de me voir. Je lui dis qu'il pourroit fe faire que quelques perfonnes de confidération fe préfentaffent pour cela, mais de n'y avoir point égard & d'être abfolument inflexible pour tout le monde; &, afin qu'il me tînt plus fûrement parole, je lui promis cinq guinées au bout du mois, s'il étoit exact. Il ne tarda pas à venir m'annoncer qu'un Monfieur qui étoit venu en voiture lui avoit fait beaucoup d'inftances pour me voir; que le moment d'après il en étoit venu un autre, ausfi dans une voiture, pour la même raifon; que celui - ci ayant été renvoyé comme l'autre, étoit rétourné avec une permisfion de me voir, fignée du Lord chef de juftice. Comme il di-

foit ces mots je vis entrer dans ma chambre Sir Philippe Egerton.

,, Y penfez vous, Mifs Benfon, de vous
,, donner tant de peine pour vous fouftrai-
,, re aux yeux de tout le monde & vous
,, rendre abfolument inacesfible? feriez vous
,, l'injure aux perfonnes qui ont eu l'hon-
,, neur de vous connoître en Pall - mal,
,, de penfer qu'elles n'en feroient pas
,, gloire ici?"

,, C'eft une chofe que j'ignore, Mon-
,, fieur; mais je vous protefte que je fuis
,, trop fiere pour y reçevoir leurs vifites."

,, Je vous entens, Madame; l'infortu-
,, ne cruelle que vous avez éprouvée vous
,, rend injufte vous - même en vous faifant
,, fuppofer les autres ainfi infenfibles que
,, vous êtes malheureufe?"

,, Pourquoi, Monfieur, êtes - vous
,, venu ici me chagriner? Sachez une
,, fois pour toutes que vous me ferez plai-
,, fir de vous retirer & de me laiffer à
,, moi - même."

,, Ma venue ici, Madame, n'a pour ob-
,, jet que de vous informer que le Duc

„ de — a payé la demande de votre fre-
„ re, a racheté votre maifon, vos meu-
„ bles &c., et que j'ai la commiffion de
„ vous y conduire, & de vous en remettre
„ en posfesfion."

„ Hé bien ! c'eft donc maintenant que
„ je puis dire que je fuis la créature la
„ plus miférable qui foit au monde ! "

„ Bon Dieu! Madame! à quoi penfez-
„ vous ? "

„ Je penfe, Monfieur, que j'eftime &
„ vénere la générofité d'un homme envers
„ qui je ne puis m'acquiter ; & cette im-
„ puisfance me décide à ne jamais accep-
„ ter fes offres."

„ Le Lord William, Madame . . . ."

„ Ne me parlez pas de lui, Monfieur:
„ ma réfolution eft inébranlable; il n'eft
„ point d'infortune qui puisfe m'en faire
„ changer. Jamais je ne verrai Lord Wil-
„ liam ; il m'a connue dans la profpéri-
„ té; il ne s'àbaisfera pas à me prendre
„ au fortir d'une prifon."

„ Ce n'eft pas ici, Madame, un lieu pro-
„ pre pour difcuter cette affaire; mais s'il

Q 4

„vous plaît de m'accompagner, je vous
„promets que vous ferez ausfi indépendan-
„te que vous le fûtes jamais ''

Je refufai pofitivement de quitter la
prifon, ce qui le furprit étrangement. Enfin, voyant qu'il n'y avoit pas moyen de
me perfuader de le fuivre, il me laisfa
& revint le quart d'heure d'après avec
un ordre exprès du Lord chef de juftice
de m'emmener de prifon; il infifta fur le
droit que lui donnoit cet écrit, & je
jugeai par ce que me dit le geolier, qui
probablement étoit bien aife de fe dé-
barasfer de moi, que je ne pouvois plus
me dispenfer d'accompagner Sir Egerton
à fa voiture. Il me conduifit en Pall-
mall; je trouvai ma maifon, mes gens &
tout le refte dans le même état que je
l'avois laisfé. Je fus frappée de cet acte de générofité de la part du Duc; mais
mon cœur étoit trop plein de triftesfe &
de fierté (je parle de cette fierté qui
fied fi bien à toute ame honnête, & telle eft la mienne) pour me laisfer jouir
d'un moment de repos & de fatisfaction.

Sir Philippe, voyant que rien de tout
ce qu'il me difoit ne pouvoit me perfuader, fe retira peu après m'avoir remife
dans ma maifon.

Cependant le procedé du Duc me donnoit une grande idée de la fincérité & de la
nobleffe de fes fentimens ; mais cela même
ne fait qu'ajouter à mon malheur quand
je penfe que je dois abfolument renoncer à
une alliance qui m'humilieroit en propor-
tion de ce qu'elle m'éleveroit au - deffus
de mon état actuel ; d'autant plus encore que je ne fais ce que je dois penfer
de Lord William, après avoir été fi
long tems fans le voir. Il eft à croire
qu'il a vu des femmes qui valent mieux
que moi, ou au moins de plus aimables.
Une paffion fi longtems fans efpoir s'é-
teint infenfiblement dans les hommes. J'ignore quelles font fes liaifons ; je n'ai pour
garant de fon amour que quelques lettres . . . infenfée que j'ai été ! . . .
Mais le Duc eft à tous égards un homme unique. Je trouvai dans une boëte
fur ma toilette cinq billets de banque cha-

Q 5

cun de cent livres sterlings ; je les laissai dans
leur place & resolue non seulement de
quitter la maison à la premiere occasion,
mais encore de me retirer dans quelque
lieu inconnu où je pusse sans gêne réfléchir sur mon affreuse destinée, & me
décider à vivre dans l'obscurité ou à ne
point vivre du tout.

Le matin que je fus trainée en prison
j'avois eu la précaution de prendre ce
que j'ai de mieux en deshabillé & de mettre dans ma bourse soixante - dix guinées
que j'avois alors pour tout argent chez
moi , & cela dans le dessein de quitter
volontairement ma maison & de me retirer à la campagne à quelque distance
de Londres.

La nuit après mon retour de prison, au lieu
de dormir , je ne fis que rêver au plan de vie
que je devois me faire pour l'avenir; mais aucun de ceux qui se presenterent à mon esprit
ne me plut. Je vous dis ceci sans le moindre déguisement. Ma chere Emilie, quoiqu'il me semble vous entendre dire :
Ma chere Julie, pourquoi n'être pas venue aussitôt chez votre amie, votre fide-

le Emilie!" Je fais que tel est votre
sentiment; mais l'inflexibilité de mon caractere s'oppose à ce que je sois à la
charge ou dans la dependance de qui que ce
soit. Je n'ai nulle espérance d'un meilleur sort pour l'avenir. Mon frere a su
tellement animer mon pere contre moi
que je n'ai pas un shelling à attendre
de lui, même à sa mort. Ce seroit bien
mal me connoître que de me supposer
capable de ces visites impudentes où l'on
s'annonce pour un mois, avec le dessein
de faire un séjour de dix ans. Non, ma
chere Emilie, permettez-moi de prévenir les
offres que votre humanité & votre amitié n'auroient pas manqué de me faire,
parce que je suis absolument décidée de
les refuser.

Un de mes desirs fut de prendre un
petit logement dans un lieu retiré & d'es-
sayer à gagner ma vie en faisant quelques jolis ouvrages. La crainte d'être
découverte & les insultes auxquelles sont
exposées les femmes de cette sorte à
moins qu'elles ne soient vieilles ou lai-

des, m'y firent renoncer. J'avois moins de
répugnance pour une place de femme de
chambre si je pouvois en trouver une bonne, ce qui étoit difficile si je m'éloi-
gnois de Londres. Pour ce qui est de l'air
de simplicité nécesfaire en pareille conjonĉture, je puis le prendre sans peine &
me préfenter partout comme une fille qui
cherche à se pourvoir. Il me vint aussi
dans l'idée d'aller en Susfex, traveftie
en homme & d'entrer au fervice de quelques uns de mes parens, afin de tâcher,
si l'occasion s'en préfentoit, de découvrir, dans quelque moment où mes maîtres ne se tiendroient pas fur leur garde,
quelque indice de la fcélératesfe qui m'a
privée de ma fortune. Dans la fpéculation ce projet étoit fort de mon goût;
mais l'exécution m'en parut presque im-
posfible.

J'étois dans une grande perplexité; enfin je me déterminai à prendre une méchante petite maifon à quelque diftance de Londres pour une femaine ou deux afin d'a-
voir le loifir de réfléchir fur ce que je

pourrois faire de mieux dans la conjoncture où je me trouvois. Je penfai ausfi que je ferois plus cachée à quinze ou vingt milles de Londres qu'à une plus grande diftance, parce que les étrangers qui font fur un certain ton excitent fortement la curiofité de tout un village, ou jaloux de leurs parures, ou craintif de voir fa pauvreté furchargée de nouveaux pauvres.

Je me levai plutôt que de coutume & fis un léger déjeuner ; après quoi je fis un paquet de linge & d'autres nippes que je mis dans une petite valife avec une partie de mes foixante-dix guinées, et, crainte d'accident, je pris le refte dans ma bourfe. Ceci fait, j'envoyai ma femme de chambre en Portman - fquare & difperfai mes autres domeftiques afin qu'ils ne s'apperçusfent de rien. Me trouvant libre alors, j'appelai un porte - faix qui fe chargea de ma valife & me fuivit. Je vins au Soho - fquare, & là, afin de n'être pas fuivie, je lui dis de mettre ma valife près de la barriere ; je m'asfis desfus & renvoyai mon homme, lui difant que j'attendrois là jufqu'à ce qu'on me vînt chercher. Quand il ne fut plus à portée de moi, je dis à un autre porte-faix de reprendre ma valife & de me fuivre vers Hampftead. Nous fîmes près d'un mille avant de joindre le coche. En-fin mon porte - valife fe fit entendre du cocher qui arrêta fes chevaux. Je deman-dai à celui ci s'il y avoit place dans fa voiture; m'ayant dit qu'oui, j'y montai fans m'informer où il alloit.

Je n'avois pour compagnon de voyage qu'un fermier qui avoit l'air d'un bien honnête homme. Je lui fis beaucoup de queftions relativement au pays, au loge-ment, à la nourriture, au prix des den-rées &c. Le bon homme de fon côté m'en fit aufi plufieurs auxquelles je répon-dis de la maniere qui s'accordoit le mieux avec mon projet. ,, Ne chercheriez-vous point par hazard, me dit-il après avoir gardé le *tacet* quelque tems, à vous met-tre en penfion à la campagne?"

,, Oui, lui répondis - je, fi je pouvois trou-

„ver une maifon fort folitaire avec une
„petite famille, je m'y plairois beau-
„coup."

„Peut - être voudriez - vous être bien
proche de Londres?

„Non je m'en foucie peu."

„Vous contenteriez-vous de la maifon
„& de la table d'un fermier."

Oui, ce feroit bien mon affaire."

„Hé bien," ajouta - t - il, ma femme
„prendroit volontiers une penfionnaire."

„Où demeurez - vous ? "

„A Canefield près de Watford."

„La voiture nous conduira-t-elle près
„de chez vous?

„Pas bien près; mais mon valet doit
„venir au devant de moi prendre deux pa-
„niers; &, fi vous pouvez faire une lieue
„à pied, il ne tiendra qu'à vous de ve-
„nir voir fi l'endroit vous convient."

J'acceptai l'offre de bon cœur. Le valet du fermier fe chargea de ma valife &
porta les paniers avec fon maître, & de
cette façon nous fîmes une lieue dans
un canton très - agréable & folitaire.   A

notre arrivée à la ferme, où je fus char‑
mée de trouver une maison isolée, le fer‑
mier me presenta à sa femme, lui disant
pourquoi il m'avoit amenée chez lui.
L'air de franchise & de bonté de cette
femme me prévint en sa faveur. Je de‑
mandai où étoit la chambre que je pour‑
rois occuper. On me montra un petit ap‑
partement propre & joli avec un bon lit,
& mieux meublé d'ailleurs que je ne
comptois. Je leur dis que j'en étois conten‑
te. Nous parlâmes ensuite de prix pour
le logement, la table & le blanchissage,
par semaine ou par mois.

Pendant qu'ils consultoient entre eux,
j'allai faire un tour dans un petit jardin
fort bien tenu, sur lequel donnoient les
croisées de la chambre que je venois de
voir. Ils ne tarderent pas à me venir
joindre. ,, Nous ne pouvons vous four‑
,, nir ce que vous demandez à moins de
,, deux guinées & demi par mois," me di‑
rent ‑ ils. J'acceptai la convention &
pris possession de mon logement.

Après une suite de malheurs si rapide,
je trou‑

je trouvai quelque foulagement à pouvoir
rêver en filence à ma malheureufe deftinée & à méditer fur mes maux à venir.
Je fuis très-heureufe dans cette retraite.
Nous fommes à trois lieues de Watford,
qui eft la ville la plus proche. Cette
maifon, abfolument feule, eft au milieu
d'un pays de bois & au centre d'une ferme d'environ quatre cens acres. Le canton eft très-retiré; on n'y voit presque
point de maifons; ma chambre eft jolie,
asfez grande & dans une pofition charmante; la vue s'étend fur une partie des
terres labourables de la ferme jusqu'à
un grand bois au-desfous duquel coule
une riviere fort poisfonneufe que je vois
en partie de mes fenêtres. Ce qui me
plait davantage de cette maifon, c'eft fon
air champêtre; j'y fens que je fuis à la
campagne: placée à l'extrémité du logement, hors du pasfage des domeftiques,
des laboureurs, des Bergers, je fuis parfaitement ifolée; en un mot, mes vues à
cet égard ne pouvoient être mieux remplies.

Partie I.   R

Je déjeune feule dans ma chambre à neuf heures, & à une heure je dîne avec la famille, favoir le fermier, fa femme, deux garçons & une fille, tous honnêtes autant qu'il eft pofsible, d'ailleurs très-polis & attentifs. A fix heures on m'apporte le thé chez moi & à huit heures nous foupons. J'ai pris le nom de Madame Pigot, femme mariée dont l'époux eft allé aux grandes Indes. Je caufe beaucoup avec le fermier fur la culture de fes terres, fur les engrais, la moifson &c. & avec fa femme fur le foin du bétail, la laiterie &c. Si je reftois ici un an, je crois qu'au bout de ce tems je ferois ausfi bonne fermiere qu'il y en ait en cette paroifse. J'ai fait plufieurs promenades autour de la ferme qui s'étend fur deux colines dont l'enfemble forme un coup d'œil charmant. Le fermier me trouve très-intelligente, & il lui femble fort fuprenant qu'après quelques entretiens avec lui, j'aie profité de fes obfervations, au point de l'embarrasfer quelquefois par les miennes. Il y a cinq

jours que je fuis ici, & autant que j'en
puis juger, je fuis vue de très-bon œil
de tous les gens de la maifon; ils femblent tous fe plaire avec moi, &, de
mon côté, je fuis très - fatisfaite d'être
avec eux. J'ai eu la précaution de me
munir de la petite édition d'Horace,
d'Homere & du Tasfe qui font les feuls
livres que je posfede aujourd'hui; ils
fervent quelquefois à écarter les triftes
idées dont fans eux, je ferois asfaillie;
c'eft entre eux la promenade & le travail que je partage mon tems. Mais ma
plus rude tâche, mon Emilie, c'eft de
penfer. La réflexion . . . Oh! la réflexion me tourmente fans cesfe; je ne forme aucun plan fixe; je n'imagine rien de
confolant; je ne fais ce que je dois faire.
Si ma retraite actuelle pouvoit toujours
durer, je m'y foumettrois fans peine &
qui plus eft, de bon cœur & avec plaifir; mais l'idée qu'elle ne peut durer longtems, l'idée de la pauvreté dont je dois
bientôt fentir l'aiguillon, . . . ah! mon
ame en eft oppresfée. Pour ce qui eft d'ê-

tre à charge à quelqu'un, jamais je n'en
supporterai l'humiliation; j'y suis bien ré-
solue, & je périrai plutôt que de m'y soumettre.

Je ne dois cependant pas taire une circonstance favorable. Tant que j'ai été
dans la prospérité, je n'ai jamais pu étouf-
fer entierement la tendresse que j'avois
pour Lord William ; lors même que je
le regardois comme le plus indigne des
hommes, je sentois que je n'étois pas encore guérie d'une passion que je détes-
tois; aussi quand je fus convaincue de
son innocence, cette passion ne fit elle
que se rallumer. Hélas! ma chere Emilie, je me livrai trop tôt au plaisir d'ê-
tre détrompée; car je n'ai aucune preuve de ses sentimens actuels à mon égard;
c'est pourquoi, tout bien considéré, je
dois me faire de grands reproches d'a-
voir écouté si volontiers ce que m'ont
dit Sir Philippe & le pere du Lord William : mais c'en est fait ; je ne saurois
plus supporter la moindre idée de devenir la femme d'un Seigneur, tandis que

je fuis moi - même dans la mifere ; furtout après m'être vue autrefois à peu près
fon égale.

Bon Dieu! quel changement entre le
miférable état où je fuis maintenant &
celui où j'étois du vivant de Mr Mellish! voyageant dans toutes les cours de
l'Europe avec un train lefte & brillant,
recevant des hommages & des éloges de
toutes parts, refufant même la main d'un
Prince fouverain, vivant au milieu de l'a-
bondance & des délices de la vie fans
autre fouci que celui du choix des plaifirs . . . . Mais je me fens asfez philo-
fophe pour fupporter ce changement.
Dans cette humble retraite je ne regret-
te point la vie faftueufe qu'on peut mener avec fix mille livres fterlings de revenu. J'ai maintenant tout ce qu'il faut
pour être heureufe dans ma fituation, &
tant qu'elle durera, elle n'a rien dont j'aie
à me plaindre.

Adieu, ma chere amie. Adresfez votre
lettre à Mde. Pigot chez Mr. Clevely à
Canefield, près de Watford.

R 3

LETTRE XX.

Misf WATSON, *à* Misf BENSON.

Vous devez vous rappeler, ma chere Julie, que j'ai toujours regardé votre sentiment, non comme une opinion qu'on pouvoit discuter, mais comme un oracle auquel il falloit se soumettre; soyez donc asfurée que dans toute chose où je suis d'un avis contraire au vôtre, il doit y avoir quelque circonstance extraordinaire dont il n'eft pas facile de rendre compte. Je suis surprise de vos sentimens ou plutôt de l'excès outré où vous les portez. Je ne suis pas ennemie de vos idées d'indépendance, mais ces idées, généralement prises, n'ont pas lieu ici. Qu'une noble fierté s'oppose à ce que vous viviez dans votre maison, je conçois cela aisément; après votre cataftrophe rien ne feroit plus naturel que de juger que vous y vivez aux dépens d'autrui; mais

à moins que la crainte de la pauvreté
ne vous porte à attenter á vos jours, rien
ne me femble plus ridicule que d'avoir ré⁴
duit vos dépenfes à trente livres fterlings
par an, & d'être allée vous enfoncer dans
une chaumiere pour vous y occuper de vos
malheurs tout à votre aife. Suivant ce
beau fiftême vous avez de quoi vivre un
an & demi. Ce tems eft fuffifant pour
prendre d'autres arrangemens. Dites-moi
maintenant, ma Julie, fi l'efprit d'indépendance devroit vous empêcher de vous
fixer dans une ferme de mon voifinage,
telle précifément que celle où vous êtes?
Dans tous les tems vous avez témoigné
faire cas de mon amitié. Vous n'avez
perfonne avec qui vous entretenir que le
fermier & fa famille; ici vous auriez de
tems en tems ma compagnie, & j'aime à
croire qu'elle vous feroit plaifir. Pour ce
qui eft de la pauvreté donc vous êtes menacée au bout de dix-huit mois, je penfe que, pour y parer, vous pouvez accepter quarante guinées par an de votre Emilie, fans bleffer les nobles fentimens qui

dirigent toutes vos actions. Mes befoins
font tellement au-desfous de mon revenu
qui eft au-desfus de deux cens livres
fterlings, fans compter le produit de mon
induftrie qui l'augmente confidérablement,
que je ne fais à quoi en employer la
plus grande partie. Pour preuve de ceci, je puis vous asfurer que j'ai maintenant
en bourfe cent foïxante livres fterlings,
dont je ne dépenferai pas un fol avant l'é-
chéance du quartier prochain. Recevoir
de l'argent de moi, c'eft le recevoir d'une
perfonne qui ne fait qu'en faire ; il ne peut
mieux contribuer à mon bonheur qu'en
pasfant entre vos mains. Faites bien attention à ce que je vais vous dire, & ne
vous donnez pas la peine de m'écrire pour
me disfuader , parce que rien au monde
ne fauroit me faire changer de fentiment.
Dans les biens-fonds que je posfede dont
le revenu monte à deux cens livres fterlings qui me font exactement payées par
mon pere qui s'eft chargé de la recette,
il y a une jolie petite ferme vacante ; elle
contient environ trente acres dont le fol eft

excellent; la maison est petite, mais charmante, agréablement située sur les bords
d'une petite riviere qui comme celle de
votre canton, abonde en excellens pois-
sons. Les enclos font au desfous d'un
bois, derriere la maison, sur un côté de
colline qui forme un amphithéatre. La jolie folitude! Je vais faire réparer le logement: arrangez-vous pour avoir des va-
ches & des cochons, & vous ferez ma
fermiere. Des profits de la laiterie vous
vous ferez une somme suffisante pour avoir
une fervante & payer votre ferme, & de
cette façon vous n'aurez obligation à perfonne. Je verrai alors fi vous avez appris
quelque chofe de votre hôte. La culture des
terres vous amufera en répandant de la variété dans vos occupations. Vous n'aurez
pas befoin de valets pour cela; les fermiers
du voifinage feront bien-aifes de labourer
pour vous, moyennant une modique fomme dont vous conviendrez avec eux, &
ce fera un embarras de moins pour vous.
Vous ferez ausfi-bien ici qu'à Canefield,
Madame Pigot, & vous y ferez ausfi libre

R 5

de n'y voir que les perfonnes que vous
voudrez. Vous m'admettrez moi - même
chez vous ausfi rarement qu'il vous plaira.
Faites ufage de votre philofophie; obfer-
vez que telle étoit la retraite après laquelle votre cher Horace foupira envain; en
peu de tems elle fera prête à vous recevoir; je vous écrirai deux mots quand il
fera temps que vous partiez pour vous y
rendre. Mais, encore une fois, fouvenez -
vous que vous refuferiez en vain cette
marque non de ma bonté, mais de mon
amitié, & que le ftile héroïque de votre
réponfe fera en pure perte. Je vais tout
préparer, foit que vous acceptiez, foit que
vous refufiez mon offre. Hé quoi! ma chere Julie, en uferiez - vous donc avec moi
comme avec Sir Philippe, avec le Duc, &
je ne fais avec combien d'autres! Ne faites
vous aucun cas de mon amitié? Ne voudriez-
vous rien faire pour mon bonheur? Je ne
vous ferai pas l'injure de vous fuppofer
fi inconfidérée & fi peu obligeante.

Pour ce qui est de votre indigne frere, je
fuis perfuadée comme vous que toute cette

affaire eft une coquinerie toute pure. Il paroît par les lettres que j'ai reçues de vous,
du vivant de Mr. Mellish, qu'il eût fait
le diable fon légataire plutôt que ce vilain
monftre ; mais, ma chere amie, je fuis
ausfi très - perfuadée que cette infamie fe
découvrira & que vous ferez rétablie dans
vos biens. Une circonftance favorable
pour vous, c'eft le grand nombre de témoins que votre frere a fait entendre ;
comptez que quelqu'un d'eux, pour fe tirer de ce mauvais pas ou pour faire cesfer
fes remords, dévoilera ce myftere d'iniquité, de façon qu'on faura comment s'eft
ourdie cette trame déteftable; au moins
cela me paroît - il très - probable. Ne
vous defefpérez donc pas ; de pareilles ré-
volutions ne font pas plus furprenantes que
celle que vous avez déjà éprouvée. Votre desfein de vous traveftir en homme &
d'aller en Susfex à la découverte, feroit asfez de mon goût, moyennant que vous y
parusfiez comme un homme d'un certain
rang, & non comme un domeftique: de
cette derniere façon vous feriez fans cesfe

expofée à être reconnue. Un moyen presque fûr de découvrir quelque chofe, ce
feroit fous votre déguifement de faire connoifance avec votre pere. Si vous penfez là - desfus comme moi & que vous
vouliez en faire l'esfai, ne vous inquiétez
pas de la dépenfe; je vous prêterai l'argent nécesfaire pour cela, & vous me le
rembourferez avec les intérêts quand vous
aurez recouvré votre fortune; mais je n'approuve nullement votre idée d'endosfer à
ce desfein un habit de livrée.

Je ne dois pas vous laisfer ignorer que
mon pere, dès qu'il a été inftruit de votre
infortune, m'a beaucoup follicitée de vous
inviter à venir pasfer la belle faifon avec
nous. Ma mere defire beaucoup de vous
voir, & feroit tout ce qui feroit en fon
pouvoir pour adoucir votre fort; mon frere d'un autre côté eft perfuadé que vous
viendrez ici, ne fût-ce que pour m'obliger; mais votre lettre m'a fait renoncer
à cette idée, & je perfifte dans mon fentiment pour la petite ferme, comme le plan
le plus convenable.

Adieu, ma chere Julie, Je fuis toujours votre fincere amie.

EMILIE WATSON.

LETTRE XXI.

LORD WILLIAM W — à SIR PHILIPPE
EGERTON.

MON cher ami, je ne crois pas qu'il
y ait eu fur le globe d'homme plus malheureux que je l'ai été depuis que j'ai perdu Misf Benfon jusqu'à celui de l'arrivée
de votre mefsager, mais je ne crois pas
non plus qu'il y en ait un maintenant plus
heureux que je le fuis dans ce moment.
Trouver le grand objet de tous mes defirs! . . . . le trouver tel que je le puis
fouhaiter! . . . fi inopinément! . . . .
Dieux! qu'il eft doux d'être ainfi rappelé
à la vie! La maniere avec laquelle vous

avez ménagé toute cette affaire eſt admirable. Je ſuis enchanté du tour que vous
avez joué à Misſ Benſon quand vous lui
menâtes le Duc ſous un nom emprunté,
& qu'il la vit & eut un long entretien avec
elle ſans en être connu. Je ſavois bien
qu'il ne la verroit qu'avec un plaiſir infini.
Je ſuis en chemin pour me rendre à Calais
& je vais le plus grand train poſſible ;
en conſéquence ma lettre ſera courte ; je
crois néanmoins devoir vous faire part d'u-
ne anecdote qui me concerne. J'ai reçu
depuis peu une lettre d'un ancien domeſti-
que que je renvoyai à Milan après l'avoir
récompenſé de ſa fidélité : il me marque
dans cette lettre que la Signora Zaffini eſt
partie naguere ſecretement pour l'Angleterre ; il me prévient là-deſſus, ajoute-t-
il, afin que je prenne des précautions pour
éviter déſormais les effets de ſa vengeance.
Cela m'inquiete beaucoup, mon ami : cette furie fera du mal partout où elle ira ;
&, ſi Misſ Benſon tombe entre ſes mains
. . . . Bon Dieu ! à cette idée . . . mon
ſang ſe glace ! Soyez vigilant & attentif,

mon cher ami ... Vous ne favez pas
à quel ennemi elle a affaire.

Adieu, je fuis toujours votre fincere Ami,

WILLIAM W ——

Portez l'incluse à l'inftant même.

L E T T R E   XXII.

Incluse dans la précédante.

Lord WILLIAM W —— *à* Misf BENSON.

MADAME.

Sir Philippe Egerton m'a
rendu la vie en m'apprenant que vous
étiez en vie, & encore Misf Benfon.
Les calomnies affreufes qui vous ont ar-
rachée à moi, qui vous ont fait juger
que j'étois le plus vil & le plus méchant

des hommes, qui m'ont jeté dans le défef-
poir & presque dans les bras de la mort,
ces calomnies, dis-je, m'ont fait endu-
rer des tourmens inexprimables; mais l'i-
dée du fuprême bonheur dont je dois
jouir encore une fois dans la compagnie
de la femme la plus aimable qui foit au monde, me fait oublier toutes mes angoifes.

Oui, mon adorable Julie, je vous porte un cœur qui n'a jamais cesfé d'être à
vous, & à vous feule. Votre image y
eft gravée en caracteres ineffaçables. Le
feul plaifir dont j'aie été capable depuis
votre départ de Florence, a été le fouvenir des momens heureux que j'ai pas-
fés dans votre compagnie. Je vole à vous
avec toute l'ardeur d'un amour qui n'a
rien perdu de fa force, avec toute la fer-
veur de la pasfion la plus vraie qui ait
jamais enflammé le cœur humain. Fasfe
le ciel que je trouve en ma Julie la même tendresfe qui me rendit autrefois le
plus heureux des mortels! Je cours me
jeter à fes pieds.

WILLIAM W—

LETTRE

LETTRE XXIII.

Mr. MELVILE *à* Mr. FREDERIC.

IL y a dans chaque circonftance de l'histoire de Mifs Benfon un mystere, une obfcurité qu'il n'est pas poffible de pénétrer ; il femble que fon fort foit d'être le jouet de la fortune, et celui de votre ami, dequis qu'il a fait fa connoisfance, d'en être balotté de même. Il n'étoit pas posfible que je ne devinsfe pas éperdûment amoureux d'une femme comme elle, étant continuellement à portée de la voir. Et, du moment que je l'aimois, pouvois-je manquer d'être malheureux! Si je n'eusfe pas été le plus grand imbécile qui foit fous le ciel, j'aurois vu que je lui étois parfaitement indifférent. Jamais elle ne m'a donné le moindre figne qu'elle m'aimât, & malgré cela je n'ai cesfé de me repaître de vaines efpérances, com-

S

me eût fait un amant bien accueilli. Telle devoit être ma deftinée! Je fais à quoi
m'en tenir, maintenant qu'elle m'est échap-
pée, & qu'elle m'a laisfé, comme tout autre, dans l'ignorance de ce qu'elle est devenue. J'ai cependant fait une découverte qui me femble importante; c'est qu'elle a eu dans les pays étrangers une inclination pour un jeune Seigneur dont elle
est aimée, ce qui n'empêche pas qu'elle
n'ait abfolument refufé fa main; Dieu feul
fait la raifon pourquoi. Quoi qu'il en foit,
je vais vous raconter comment j'ai été ins-
truit de ces particularités.

Je vous ai dit dans ma derniere qu'après
les informations que j'avois eues du geolier, je m'étois préfenté chez Mifs Benfon & que fon laquais m'avoit dit qu'elle
étoit fortie, mais qu'on l'attendoit à dîner.
Là-desfus je me retirai chez moi, & dès
que fus forti de table je retournai pour la
voir. Je trouvai tout en confufion dans
la maifon; elle n'étoit point revenue &
on ne pouvoit imaginer où elle étoit allée.
Je n'étois pas moins furpris que fes gens.

je fis des enquêtes. On me dit qu'elle avoit envoyé John au Portman-fquare & Molly au rivage; que la cuifiniere étoit dans l'office, & que la fervante de peine étoit allée à la campagne voir fes parens; qu'il fembloit que leur maîtreffe avoit faifi ce tems pour fortir: on me dit encore que Sir Philippe Egerton étoit venu la demander & qu'il avoit fait tapage pour favoir ce qu'elle étoit devenue. Cette derniere circonftance me déplut beaucoup. Comme je continuois à queftionner la fervante, Sir Philippe entra dans la chambre où j'étois; furpris de me voir là, il me demanda d'un ton peu poli, quelle affaire m'appeloit dans cette maifon. „ De quel droit, lui dis-je, Monfieur me „ me fait-il cette demande? C'eft à „ Mifs Benfon que je voulois parler." „ Vous favez donc où elle eft, répliqua-„ t-il?" „ Non, en vérité, je fuis ve-„ nu ici pour m'en informer. Mais vous „ prenez, ce me femble, un bien vif in-„ térêt à ce qui regarde cette dame?"

„ J'ai des raifons pour cela. Vous-

,, même, Monsieur, il me semble auffi que
,, vous n'êtes pas indifférent à ce qui la re-
,, garde ; fans cela l'évafion de Mifs Ben-
,, fon feroit que je vous prierois de for-
,, tir d'ici.

,, De fortir d'ici ! Etes - vous le gar-
,, dien de cette maifon ? Ayez, s'il vous
,, plaît, la complaifance de vous interdi-
,, re un pareil langage. Dans tous les
,, tems je me fuis beaucoup intéreffé au
,, bonheur de Mifs Benfon & j'ai l'hon-
,, neur d'être dans une liaifon intime avec
,, elle."

,, Vous vous avifez, je crois, de répé-
,, ter ce que je dis ! Allons, Monfieur,
,, mettez - vous en garde, nous verrons
,, qui de nous deux a plus de droit d'être
,, impertinent."

Il étoit furieux. . . . Nous fîmes fortir de la chambre tous ceux qui étoient
témoins de notre dispute, & fermant la
porte en dedans, nous déguainâmes aufli-
tôt : Sir Philippe me fit une légere égrati-
gnure au bras gauche, & je le bleffai fortement au bras droit, ce qui mit fin à

la querelle. Je lui adresſai alors ces mots:

„ Il convient maintenant, Monſieur, „ qu'avant de nous ſéparer, nous nous „ expliquions l'un & l'autre ſur l'espe- „ ce d'intérêt que nous prenons à Misſ „ Benſon.

„ Cela ſera bientôt fait: la choſe ne me re- „ garde que comme ami. Misſ Benſon „ a été dans une grande intimité avec „ un jeune Seigneur qui doit un jour oc- „ cuper une des premieres places de ce „ royaume; des contre-tems rompirent „ cette liaiſon; mais elle vient de ſe re- „ nouveler, & ce ſeigneur doit bientôt re- „ tourner de Paris pour demander la main „ de ſon amante, & je penſe qu'elle la „ lui donnera de bon cœur."

„ En voilà asſez, Monſieur."

„ Pouvez-vous à préſent me donner „ quelque éclaircisſement ſur ſon éva- „ ſion?"

„ Aucun, je vous asſure; je n'en ſais „ quoi que ce ſoit."

J'ai enſuite ſalué Sir Egerton, & m'en

S 3

fuis retourné chez moi, fort triste de me
voir comme forcé de croire que Mifs Benfon étoit engagée à un autre. Mon ami,
je fus fur le point de fuccomber à la douleur; je ne pouvois articuler un mot; j'a-
vois peine à respirer.

Sur le foir, la femme qui fournisfoit un
logement à Mifs Sampher & fa mere à
Slingston fe préfenta chez moi, la douleur
peinte fur le vifage, pour favoir des nouvelles de Mifs Benfon. Je lui dis que
j'ignorois où elle étoit, & qu'elle avoit
quitté fa maifon fi fecrètement que perfonne ne favoit ce qu'elle étoit devenue.

„ Hélas ,” s'écria cette femme, „ le
„ même jour que ce fcélérat de Sir Geor-
„ ge Milbourne a joué encore un de fes
„ tours à mes pauvres logeufes.

„ Que dites-vous là? Je penfois que
„ Mifs Benfon avoit payé tout ce qu'il
„ demandoit.”

„ Elle l'a fait ausfi; mais Sir George
„ a découvert une ancienne dette dont
„ il n'étoit plus question; il l'a payée,

,, & ausſitôt il a fait reconduire la me-
,, re en priſon , & a enlevé la fil-
,, le. ''

,, Ah l'infâme ! ''

,, Et quand il est venu à la maiſon, il
,, a fait des ſermens affreux qu'il ſe ven-
,, geroit de Misſ Benſon , cette arro-
,, gante femelle, & du fat qui ſe mêloit de
,, le contrarier. Par D —— elle ſera
,, avant qu'il ſoit longtems une nymphe de
,, mon ſerrail. Ce ſont là ſes expres-
,, ſions.''

,, Quand cela s'est-il pasſé ? ''

,, Hier au ſoir, Monſieur. Je viens de
,, la maiſon de Misſ Benſon où l'on
,, m'a dit qu'elle a disparu. Tout y
,, est dans l'alarme. Oh , Monſieur,
,, quel homme exécrable !''

Cette nouvelle me rendit tout ſtupéfait.
Quoi, me dis-je , elle ſerviroit de pas-
ſe-tems à ce coquin de Baronnet ! Elle
devoit revenir dîner, ſelon ce que m'ont
dit ſes domeſtiques ; il faut qu'elle ait été
enlevée par Sir George ; c'est une choſe
ſûre ; chaque circonſtance le confirme.

Cette idée me rendoit furieux; fans cesfe
mon imagination m'offroit cette femme que
j'aimois à l'idolatrie, fe défendant contre
les attentats de ce monftre exécrable. Je
ferois parti comme un éclair pour l'aller
délivrer, mais je fentis tout d'un coup
mon ardeur fe ralentir en penfant que ce
feroit pour un autre & non pour moi que
j'irois l'arracher à ce ravisfeur. Laisfons
me dis-je, fon jeune Seigneur ou Sir Philippe Egerton fe charger de cette commisfion; mais l'amour l'emporta; malgré la
jaloufie qui me dévoroit, je ne pouvois
être nulle part ausfi heureux qu'en fa compagnie.

Ne fachant où demeuroit Sir George,
je perdis beaucoup de tems avant de pouvoir le découvrir, enfin Menill me dit que
c'étoit dans Hill-ftreet, Berkeley-fqua-
re. Je prenois mon épée pour fortir &
difois à Tom de me fuivre, lorsque Bob,
ce jeune *héros*, à qui Misf Benfon avoit
fait préfent d'un brevet de Lieutenant,
entra dans la chambre où j'étois. Je lui
racontai l'affaire en peu de mots. L'en-

thoufiasme de la reconnoiſance brilloit dans
ſes yeux; plein d'ardeur pour ſa bienfaitrice, il voulut venir avec moi; il vouloit
couper la gorge au Baronnet . . . il vouloit . . . il vouloit . . . & courant à ſon
épée il ſortit avec moi, & Tom resta. Je
crois que Bob ſe ſeroit battu contre un régiment pour ſervir Misſ Benſon; ſon qui-
chotisme, il est vrai, étoit bien mieux
fondé que le mien. Ah! mon ami, ſi vous
connoiſſiez cette femme incomparable,
vous n'auriez pas de peine à pardonner à
votre ami toutes ſes extravagances.

Quand nous nous préſentâmes chez Sir
George, on nous dit qu'il n'étoit pas à la
maiſon. ,, J'ai une affaire intéreſſante à
,, communiquer à votre maître," dis-je
à ſon laquais, ,, & il faut que je le
,, voie." ,, Je vous aſſure, Monſieur,
,, qu'il n'est pas à la maiſon."

,, Où est il donc?" ,, Il ne pouvoit
,, me le dire, mais il croyoit qu'il étoit à
,, la campagne." ,, Vous ſavez ſurement
,, à-peu-près depuis quel tems." ,, Il
,, n'a pas été à la maiſon depuis avant-

,, hier." ,, Fort bien ," répliquai - je.
,, Où est la maifon de campagne de Sir
,, George? car je fuis perfuadé qu'il trou-
,, veroit mauvais que je ne le visfe pas le
,, plutôt posfible." ,, C'est à Wimble-
,, don, Monfieur."

Nous prîmes ausfitôt la poste & nous
nous rendîmes en diligence à Wimbledon.
Après avoir pris des informations où étoit
fa maifon, nous nous glisfâmes le long d'u-
ne haie dans un cabaret qui étoit vis - à
vis. Là je demandai à un domeftique fi Sir
George étoit chez lui ; il me répondit qu'il
n'en favoit rien. ,, Quoi, répliquai-je,
,, il n'est pas arrivé ici la nuit derniere?"
Un homme qui travailloit au chemin entendant ceci, me dit: ,, Monfieur, Sir
,, George arriva fur le foir dans fon ca-
,, briolet ;" ,, fort bien, mon ami; mais
,, n'est-il point reparti?" ,, J'ai été ici
,, depuis fix heures du matin, & j'ai reftai
,, hier jusqu'à huit heures du foir fans le
,, voir ni entendre parler de lui." Est-il
,, venu feul?" ,, Non, Monfieur, les voi-
,, fins fe font apperçus qu'il avoit une da-

„ me avec lui, enveloppée d'un man-
„ teau." „ Ah! Monſieur," dit un autre
ouvrier, „ il étoit difficile ſous ſon vête-
„ ment de discerner ſi c'étoit un homme
„ ou une femme." „ Pourquoi, mon gar-
„ çon?" „ Mais vraiment, Monſieur,
„ c'est qu'elle donna un soufflet à poing
„ fermé à Sir George, comme ſi elle eût
„ été en colere, & ce ſans dire un ſeul
„ mot: pour dire vrai, il nous ſembloit
„ bien peu honnête à un Monſieur d'en
„ agir ainſi." „ Dites-moi, je vous prie,
„ mes bonnes gens, entra-t-elle volon-
„ tairement dans la maiſon." „ Non, Mon-
„ ſieur, Sir George & deux valets la ti-
„ rerent de la voiture & l'empórterent au
„ dedans."

Fort bien, voici un véritable rapt. Je
ſuppoſe qu'on lui tenoit la bouche cloſe
avec un mouchoir, & qu'on la pouſſa dans
la maiſon le plus vîte qu'on put. Je ne
doutai point que ce ne fût Miſſ Sampher.
Senſible à ſon malheur, je crus devoir entreprendre de la délivrer des mains de ſon
raviſſeur, d'autant plus que ce pouvoit

être un moyen de découvrir où étoit Misſ Benſon. Nous rodâmes en conſéquence autour de la maiſon. Un heureux hazard me fit appercevoir une femme, qui avoit l'air d'une ſervante, entrer par une porte de derriere; j'avançai vers cette porte, & ſans heurter, je levai doucement le loquet: par bonheur elle n'étoit point fermée à la clef; c'étoit l'entrée d'un long colidor que nous traverſâmes en faiſant le moins de bruit que nous pûmes. Nous ouvrîmes en-ſuite une autre porte; c'étoit celle d'une espece d'office. Tout cela ſe paſſa ſans voir ni entendre perſonne. De - là un autre colidor nous mena à une chambre de derriere où il y avoit un chapeau d'homme, quelques cannes & un ſac à ouvrage. Une porte qui donnoit dans un petit jardin fort retiré étoit ouverte. Il me vint alors dans l'esprit que ce que nous pouvions faire de mieux dans la conjonctu-re, étoit de nous cacher en attendant quelque circonſtance favorable pour agir. Dans cette idée nous entrâmes dans une ſalle pour voir ſi nous ne trouverions point

un petit cabinet ou quelque autre endroit qui fût propre à cela. La chambre n'étoit pas meublée & il n'y avoit
pas moyen de nous y cacher. Nous
pasfâmes dans un autre appartement; les
volets des fenêtres en étoient fermés;
c'étoit le mieux du monde; nous nous
y renfermâmes. Nous pouvions voir tout
ce qui alloit & venoit par les fenêtres qui
donnoient fur le jardin; j'eus ausfi la précaution d'ôter la clef de la porte afin d'asfurer notre retraite dans la chambre que
nous avions laisfée. Ainfi embusqués,
nous attendîmes fort patiemment ce que
le hazard pourroit nous faire découvrir.

Après avoir été aux aguets pendant
trois quarts d'heure ou une heure, j'entendis du bruit dans une chambre voifine. J'allai regarder par le trou de la
ferrure pour voir de quoi il s'agisfoit.
Une femme d'environ cinquante ans avec
une mine pendable, s'il en fut jamais,
y entroit avec Misf Sampher qui fondoit en

larmes; elle la pousſa devant elle dans la
chambre, & après l'avoir forcée de s'as-
ſeoir, elle ferma la porte ſur elle; s'étant
enſuite miſe dans une chaiſe proche d'elle, elle commença la converſation ſuivan-
te que je vous rends presque mot à mot.

,, Je ſuis ſurpriſe, Mademoiſelle, que
,, vous ne ſentiez pas qu'il est de votre
,, intérêt de faire un meilleur accueil à
,, Sir George; c'est envain que vous pré-
,, tendez perſister dans vos refus; vous
,, êtes abſolument dans ſon pouvoir. Ain-
,, ſi le mieux que vous puisſiez faire,
,, c'est d'entrer de bonne grace dans ſes
,, vues, ſans quoi il uſera de violence."

,, Je mourrois plutôt."

,, Bon, bon! c'est-là un beau langage;
,, mais l'envie vous en pasſera, je vous
,, en donne ma parole. Croyez-moi,
,, vous dis-je encore une fois: faites les
,, choſes de bonne grace; car vous en
,, pasſerez par-là, bon gré mal gré."

,, Jamais je n'y conſentirai; j'ai des
,, amis qui me vengeront de tous le co-

„ quins & coquines qui font ici.”

„ Oui, oui, vous avez des amis, qui en
„ doute. Par Exemple Misſ Benſon que
„ Sir George tient ſous bonne garde auſ-
„ ſi bien que vous, ſera ſans contredit vo-
„ tre protectrice; & votre mere qu’il tient
„ en cage & dont le ſort dépend de lui.
„ Les beaux amis que voilà! Ne voyez-
„ vous pas qu’avec votre obſtination vous
„ vous expoſez à mourir de faim ? & n’eſt-
„ ce pas là le comble de la folie?”

„ Vous pourriez vous épargner tous ces
„ propos ; car je vous déclare encore
„ une fois qu’il n’eſt point de ſorte
„ de morts que je n’endure plutôt. Je
„ hais , je déteste , j’abhorre le
„ lâche. . . . . ”

„ Fort bien. Je vous laiſſe & vais
„ de ce pas informer Sir George de
„ tout ceci. J’amenerai de l’aide pour
„ vous deshabiller, vous mettre au lit,
„ & rendre vos reſiſtances vaines quand

„ une fois vous y ferez. Comptez fur
„ ce que je vous dis.

„ Je faurai prévenir ce mal."

Fin de la I. Partie.